EDIÇÕES BESTBOLSO

As melhores histórias de Fernando Sabino

Fernando Sabino (1923-2004) nasceu em Belo Horizonte. Durante a adolescência foi locutor de programa de rádio e começou a colaborar regularmente com artigos, crônicas e contos em revistas, conquistando prêmios em concursos. Estudante de Direito, em 1944 assumiu o cargo de oficial do Registro de Interdições e Tutelas da Justiça, no Rio de Janeiro. Depois de formado, em 1946, licenciou-se do cargo que ocupava na Justiça para viajar com Vinicius de Moraes aos Estados Unidos. Morou por dois anos em Nova York, onde trabalhou no Escritório Comercial do Brasil e no Consulado Brasileiro. Em 1949, passou a publicar suas crônicas nos jornais *Diário Carioca* e *O Jornal*. Autor de livros como *O encontro marcado*, *O grande mentecapto* e *O homem nu*, Sabino exerceu exclusivamente as atividades de escritor e de jornalista a partir de 1957.

CB011310

50 TEXTOS ESCOLHIDOS PELO AUTOR

AS MELHORES HISTÓRIAS DE FERNANDO SABINO

EDIÇÕES
BestBolso
RIO DE JANEIRO – 2010

CIP-BRASIL. CATALOGAÇÃO-NA-FONTE
SINDICATO NACIONAL DOS EDITORES DE LIVROS, RJ

Sabino, Fernando, 1923-2004
S121m   As melhores histórias de Fernando Sabino /
Fernando Sabino – Rio de Janeiro: BestBolso, 2010.

ISBN 978-85-7799-125-9

1. Sabino, Fernando, 1923-2004. 2. Crônica brasileira. I. Título.

CDD: 869.98
09-4511   CDU: 821.134.3(81)-8

As melhores histórias de Fernando Sabino, de autoria de Fernando Sabino.
Título número 150 das Edições BestBolso.
Primeira edição impressa em fevereiro de 2010.
Texto revisado conforme o Acordo Ortográfico da Língua Portuguesa.

Copyright © 1986 by Fernando Sabino.
Copyright © 2008 by Bem-te-vi Filmes e Projetos Literários Ltda.

www.edicoesbestbolso.com.br

Design de capa: Leonardo Iaccarino

Todos os direitos reservados. Proibida a reprodução, no todo ou em parte, sem
autorização prévia por escrito da editora, sejam quais forem os meios
empregados.

Direitos exclusivos de publicação em língua portuguesa para o Brasil em
formato bolso adquiridos pelas Edições BestBolso um selo da Editora Best
Seller Ltda. Rua Argentina 171 – 20921-380 – Rio de Janeiro, RJ – Tel.: 2585-2000.

Impresso no Brasil

ISBN 978-85-7799-125-9

Sumário

1. Por falar em aperto — 7
2. O agrônomo suíço — 11
3. O caso das camas — 13
4. O primo Pagão — 17
5. Manobras do esquadrão — 19
6. *Vol de nuit* — 25
7. O Falcão Negro — 29
8. Marinheiro de primeira viagem — 32
9. Panorama visto da ponte — 38
10. Albertine Disparue — 42
11. Quem matou a irmã Geórgia — 46
12. O golpe do comendador — 50
13. O gordo e o magro — 54
14. O caso do charuto — 59
15. Pois então fique sabendo — 63
16. Jimmy Jones — 66
17. Festa de aniversário — 70
18. O pato sou eu — 72
19. Um gato em Paris — 76
20. As alpercatas — 80
21. Neve pela primeira vez — 83
22. Uma lagartixa — 86
23. O dia da caça — 90
24. Reunião de mães — 95
25. O enviado de Deus — 98
26. Sou todo ouvidos — 101

27. O mundo é pequeno	105
28. Poltronas numeradas	109
29. O tenente mágico	111
30. Gravata com G	115
31. Assalto numa noite de verão	117
32. A noite seria animada	121
33. Condôminos	124
34. A experiência da cidade	129
35. A morte vista de perto	131
36. A culpa da sociedade	134
37. Eficiência é o nosso lema	136
38. A vitória da infância	140
39. Lugar reservado	143
40. Fantasmas de Minas	145
41. Rua 42	150
42. O pintor que pintou Maria	153
43. Acredite se quiser	155
44. Éramos três amigos	159
45. Na escuridão miserável	163
46. Uma piada brasileira	165
47. O afogado	168
48. Como nasce uma história	170
49. Basta saber latim	173
50. Realidade e fantasia	177

1
Por falar em aperto

Quando voltei de Porto Alegre, Josué Guimarães foi me levar ao aeroporto. Ficamos por ali fazendo hora, naquela conversa sem fim nem princípio que antecede as despedidas.

Então surgiu o repórter de rádio.

Cheguei a me assustar – embora fossem boas as suas intenções, conforme declarou logo: uma entrevista para os ouvintes de uma rádio local. O que me assustou foi o seu tamanho – não em altura, como o Josué, mas em diâmetro: o de um Oliver Hardy, na sua melhor fase – talvez um pouco mais gordo.

Dispus-me a atendê-lo. Logo verificamos, porém, que em meio ao vozerio circundante, com frequentes ruídos de avião esquentando as turbinas, seria impossível registrar qualquer coisa no gravador que ele trazia a tiracolo. E não poderíamos nos afastar dali em busca de local mais tranquilo, ao risco de perder o embarque, que se daria de uma hora para outra.

– Que tal uma dessas cabines?

Não me lembro se foi ele, eu, ou mesmo Josué, o autor de tão insensata sugestão. Sei que, no momento, a ideia me pareceu perfeitamente razoável: ali dentro estaríamos à prova de som.

Eram cabines de telefone em forma de pequena guarita, com paredes de vidro e uma estreita porta também de vidro, composta de duas partes que se abriam para dentro, dobrando-se uma sobre a outra. Dirigimo-nos para uma delas. Entrei primeiro, mas logo verifiquei que devia dar ao homem da rádio a primazia, pois, comigo ali dentro, não haveria espaço para fechar a porta depois que ele entrasse. Tornei a sair e cedi-lhe a vez. Ainda assim, não me foi possível fazer com que a porta se desdobrasse para fechar-se atrás de mim. Tive de pedir auxílio ao Josué, que me empurrou sem cerimônia, comprimindo-me contra a barriga do meu entrevistador. Este, simpático como são em geral os gordos e loquaz como os locutores de rádio, pôs-se logo a falar ao microfone, que empunhava contra meu rosto, como quem transmite uma partida de futebol:

– Senhores ouvintes, aqui estamos falando diretamente do aeroporto, tendo junto de nós, mas bem junto mesmo, o nosso ilustre entrevistado de hoje, que vai dirigir uma palavra de saudação aos seus leitores da terra gaúcha...

O desconforto em que me achava, apertado entre ele e a parede de vidro da cabine, o calor já fazendo escorrer-me suor pelo rosto, não me sugeria falar o que quer que fosse, quanto mais uma palavra de saudação aos meus leitores da terra gaúcha. Ainda assim, engrolei quase sem fôlego umas frases convencionais, depois de aludir ao aperto em que me deixava aquela situação – o que os ouvintes certamente tomariam em sentido figurado, como manifestação de modéstia e timidez diante do microfone.

O entrevistador mal esperou que me calasse para prosseguir, meio ofegante com o abafamento ali dentro:

– Por falar em aperto, agora o ilustre escritor vai responder para os nossos ouvintes algumas perguntas que eles certamente gostariam de lhe fazer...

Depois de responder a duas ou três perguntas que certamente nenhum ouvinte gostaria de me fazer, percebi com o rabo do olho que Josué me fazia sinais lá de fora: devia ser a chamada para o embarque.

– Você vai me desculpar, mas está na hora – avisei.

– Senhores ouvintes – prosseguiu ele, bátegas de suor também a saltar-lhe do rosto: – Infelizmente teremos de dar por encerrados os trabalhos, pois o nosso entrevistado, que honrou com sua palavra inspirada este microfone, terá de embarcar agora com destino ao Rio de Janeiro. Apenas uma última pergunta...

Antes que a fizesse, Josué batia no vidro da cabine, convocando-me com gestos de urgência e palavras que eu não podia ouvir, para o embarque imediato.

– Por favor, desliga isso e vamos sair daqui senão eu acabo perdendo o avião.

Logo descobrimos que sair seria um pouco mais difícil do que entrar. Amassados um contra o outro, nos olhamos, desolados: não havia espaço sequer para nos mexermos, que dirá para abrir a porta. A não ser que tentássemos mover-nos ao mesmo tempo. Ele sugeriu que eu tirasse os braços do caminho, segurando-o pela cintura, enquanto me agarrava pelos ombros.

E fomos girando devagarinho:

– Assim. Calma. Mais um pouco.

Sua intenção era me deslocar de maneira a ficarmos ambos de lado, dando espaço para que a porta se abrisse. Parecia uma dança quase sem movimento, em situação de constrangedora intimidade, como se eu estivesse enlaçado com uma baleia entre as paredes apertadas de um aquário. Minhas costas, comprimidas contra o vidro lateral, ameaçavam fazê-lo estalar. O fio do microfone, que ele continuava a segurar, se enrodilhava nas nossas pernas.

– Vamos tentar de novo.

– Devagar. Com jeito vai.

Percebendo nosso esforço para sair da entalada em que estávamos metidos, Josué lá fora procurava colaborar, em gestos frenéticos de guardador de carro ajudando motorista a entrar na vaga. Tal ajuda, além de nada adiantar, tornava a nossa exasperante situação ainda mais ridícula. Atracados um no outro ali dentro, já meio sufocados de calor, nunca mais sairíamos. A não ser com ajuda de fora, ajuda mesmo, se preciso desmantelando a cabine – por que Josué não chamava logo o Corpo de Bombeiros? Em vez disso, ria às gargalhadas, ele que me ajudara a entrar, o biltre, por que não me ajudava a sair? Respirei fundo, conformado: não adianta mais, vou perder o avião. E os curiosos já se juntando diante da cabine, sem entender, que é que esses dois estão fazendo abraçados aí dentro?

Aos poucos me coloquei em posição de alcançar a alça da porta. Puxei-a e uma fresta se abriu, trazendo-me uma abençoada lufada de ar fresco. Agora vai: insinuei um braço e uma perna, alargando a passagem, enquanto a porta se dobrava contra o lombo do meu volumoso companheiro de prisão.

– Ai, que você está me machucando.

– Você me meteu nessa, agora aguenta – e apertei ainda mais a porta contra ele, forçando meu corpo pela saída que se alargava, acabei escapulindo. Deixei o pobre lá dentro, meio estropiado, mal me despedi de Josué: parti em disparada para o portão de embarque. Ainda em tempo de alcançar o avião.

2
O agrônomo suíço

O poeta estava calmamente no bar, tomando um aperitivo, quando lhe telefonaram.

Quem o chamava era eu. O poeta não tem telefone em casa e durante vários dias eu o vinha procurando: a menos que me tivesse enganado, ele sabia de um amigo seu que conhecia um agrônomo suíço, interessado em administrar fazendas. Ora, outro amigo meu, a quem dei conhecimento da existência desse suíço, me disse que estava precisando exatamente de uma pessoa assim. E me pediu que conseguisse maiores informações com o poeta.

No bar, àquela hora, fazia um barulho infernal. O poeta veio ao telefone e mal conseguiu ouvir o meu nome:

– Quem?

– Eu, rapaz! Então não está conhecendo a minha voz?

– Eu quem?

Levou uns bons cinco minutos para descobrir com quem estava falando. Talvez já tivesse tomado mais de um aperitivo, é possível.

– Que houve? Aconteceu alguma coisa?

Eu mal conseguia escutá-lo, e ele não me ouvia de todo.

– Você se lembra daquele agrônomo que um conhecido seu...

– Daquele o quê?

– Daquele AGRÔNOMO!

– Você está enganado, não conheço ninguém com esse nome.

– Eu nem falei ainda o nome dele! É um suíço.

– Luís?

– SUÍÇO! Você um dia me falou...

– Não sei que Luís é esse. Luís de quê? Eu estava pensando que você...

– Fale mais alto! Sua voz está sumindo.

– Não, estou por aí mesmo... Você é que anda sumido.

Respirei fundo e voltei à carga:

– Eu sei que você não conhece o suíço. Um conhecido seu é que conhece.

– Suíço? Escuta, que brincadeira é essa? Eu estava aqui tomando o meu uísque...

– Desculpe incomodá-lo no bar, mas você não tem telefone em casa...

– Não tem importância. Só que está parecendo brincadeira. Entendi você falar num suíço...

– Isso!

– Isso? Ah, eu tinha entendido *suíço*, imagine.

– Pois é isso mesmo, quer dizer: é suíço mesmo. O homem está em cima de mim para arranjar...

– Que homem? Não estou entendendo nada, muito barulho aqui.

– Um amigo meu, você não conhece. Está precisando de um agrônomo para a fazenda dele.

– Fazendo o quê?

Perdi a paciência:

– Olha, telefona para a minha casa amanhã de manhã, está bem?

Mas o poeta agora estava interessado:

– Não precisa se zangar! Aconteceu alguma coisa com você?

– Conversar com bêbado dá é nisso.

– Você está bêbado?

– Bêbado está você, essa é boa!

– Espera! Entendi direitinho você falar que estava bêbado. Deve ser o barulho. Espera um pouco.

Ouvi pelo fone sua voz para os que o rodeavam:

– Vocês aí, querem fazer o favor de falar um pouco mais baixo? Um amigo meu está em dificuldades, e eu não escuto nada.

De novo para mim:

– Alô! Pode falar agora que estou ouvindo perfeitamente. Você está precisando de alguma coisa?

– Estou: que você me telefone amanhã de manhã.

E desliguei.

No dia seguinte era ele quem me procurava:

– Você talvez não se lembre, mas ontem eu estava calmamente no bar, tomando um aperitivo, quando você me telefonou no maior pileque para me contar que estava sendo perseguido por um sujeito chamado Luís. Que você quis dizer com isso?

– Isso, não: *suíço* – arrematei.

3
O caso das camas

Recortei o anúncio no jornal e me mandei para a loja na Tottenham Court Road, mais longe que a casa da mãe Joana.

– Eu queria comprar estas camas – falei ao homem, e lhe exibi o anúncio.

– Custam 21 libras – esclareceu ele, com a inequívoca intenção de me fazer desistir. Em Londres ninguém compra cama sem pensar duas vezes.

– Está bem – concordei. – Só que preciso delas amanhã sem falta. Minhas filhas vão chegar do colégio.

Ele coçou a cabeça, irresoluto. Mas, quando me viu já enchendo o cheque, sobressaltou-se:

– O senhor pretende pagar já?

– Pretendo, por que não? A menos que o senhor não faça questão de receber.

Ele tornou a vacilar, acabou me arrastando a um canto da loja, tive de me insinuar com dificuldade num labirinto de móveis:

– Neste caso, só se entregar estas aqui, que estão em exposição. Do contrário tenho de esperar a encomenda da fábrica.

– Não tenho nada contra estas aqui.

Pelo seu jeito, parecia até haver alguma coisa de errado com as camas "em exposição". Não havia: estavam perfeitas. Acabei de encher o cheque, ele elaborou pachorrentamente um recibo, e demos a transação por sacramentada.

– Amanhã até as cinco – avisei ainda.

Eram oito horas da noite quando finalmente um caminhão se deteve à minha porta no dia seguinte. O velho que dirigia o caminhão se esbofou escada acima, sob o peso dos colchões e de cada peça da trapizonga, que se meteu a montar. Para isso, dispunha de um alicate, o qual esqueceu em minha casa, nunca mais voltando para buscar.

Uma semana depois, ao chegar da rua, dou com um gigantesco volume, em papel pardo, atravessado no corredor de entrada.

– Vieram trazer isso aí – minha mulher me avisou lá de dentro. – São dois colchões.

Tive de escalar o embrulho e passar por cima dele para poder entrar. Depois de frenética busca, acabei encontrando o recibo já amassado no fundo de um bolso. Verifiquei o número, fui direto ao telefone. Expliquei como pude a situação:

– Estão entregando duas vezes a mesma mercadoria.

Felizmente o homem se lembrava de mim:

– Deve ter vindo da fábrica. E, neste caso, as camas devem estar a caminho. O senhor por favor não receba que vou mandar buscar os colchões.

Não foi muito tranquilizador encarregar uma empregada que não fala inglês de se desincumbir da tarefa, caso viessem buscar os colchões (ou trazer as camas) na ausência dos donos da casa. Eu temia uma confusão, e que acabassem levando as camas e colchões recebidos da primeira vez.

Durante alguns dias ninguém apareceu, apesar de minhas reiteradas reclamações pelo telefone:

– Tenham paciência, mas em minha casa não há lugar para tanto colchão.

Às vezes acontecia ser outra pessoa a atender-me, e eu tinha de contar novamente toda a história.

– Infelizmente não aceitamos devolução de mercadoria já paga – insistiam. – A menos que tenha algum defeito...

– Não foi paga! – eu protestava. – Isto é, a que foi paga foi entregue.

– Pois então?

Um dia, recebo no trabalho um telefonema aflito da empregada:

– Estão querendo levar as camas.

Precipito-me até minha casa, encontro a empregada vitoriosa: resistira bravamente, e o caminhão se fora, deixando no corredor o vastíssimo embrulho com os colchões.

Mais uns dias, e é minha mulher quem me avisa, quando chego da rua:

– Vieram trazer as camas. O homem ficou muito triste quando me recusei a receber.

Para confirmar a tristeza do homem, recebo no dia seguinte uma compungida carta da fábrica de camas, pedindo que informe por que me recuso a receber a mercadoria adquirida: se estiver com algum defeito, fazem questão de trocar por outra. A qualidade do produto, de que tanto se orgulham etc. etc. E a fábrica não é em Londres, é em Sussex.

Telefono mais uma vez para o representante na Tottenham Court Road – já é outro que me atende. Ouve-me com polida atenção e, ao fim, promete tomar providências: mandará hoje mesmo buscar as camas.

– As camas, não: os colchões!

Recebo pelo correio outra carta, desta vez da companhia de transportes, avisando-me que minha recusa em receber a mercadoria acarretará uma despesa de 10 xelins diários de armazenagem, sem que se responsabilizem por qualquer estrago que a mesma possa eventualmente sofrer.

Hoje de manhã vieram finalmente buscar os colchões. Queriam por força levar também duas camas, tinham ordens peremptórias – mas fiz ver que só o fariam passando por cima do meu cadáver.

Outro aviso pelo correio – desta vez um cartão a preencher, relativo à reclamação que tenho a fazer, para que sejam tomadas as necessárias providências.

Ouço agora um ruído lá na rua – é um caminhão. Vejo saltar o motorista e começar a descarregar umas camas.

4
O primo Pagão

Chama-se Pagão e se diz meu primo. Tem a mão fria como a de um defunto. A primeira vez que o vi, limitou-se a pedir-me 100 cruzeiros. Na segunda, repetiu o pedido e, depois de atendê-lo, tive a curiosidade de perguntar:

– Por que você pede dinheiro?

– Porque não tenho – foi a resposta pronta que me deu, o que fez minha pergunta parecer um tanto imbecil.

Magro, pálido (e aquela mão gelada), parecia alguém que morrera noutro planeta e ressuscitara aqui. Não punha na voz ou nas maneiras nada de subserviente ou miserável, para despertar piedade. Pelo contrário: sem ser insolente, aparentava segurança e despreocupação. Assegurou-me que não era doente, tinha 38 anos, sentia-se forte e bem-disposto. Quanto a trabalhar, confessou que nunca havia pensado nisso, mas que sim, certamente a ideia não deixava de ser interessante.

Quando voltou a procurar-me é que veio com essa história de primo. Talvez por sermos da mesma cidade, ou pelo fato de se chamar Pagão, o certo é que se julgou com direito de optar pela família de origem que melhor lhe aprouvesse e escolheu a minha. Passou então a tratar-me com a discreta intimidade de parentes que não se veem há muito. Era primo para cá, primo para lá, como num romance de Eça de Queiroz. Aprendeu, não sei como, o nome de meus irmãos e perguntava por eles, enviava lembranças.

– Pois vou lhe arranjar um emprego, primo Pagão – prometi-lhe um dia, sem que ele me pedisse nada, além dos indefectíveis 100 cruzeiros.

Forneci-lhe um terno, uma camisa, um par de meias, um par de sapatos, um lenço e uma gravata, tudo usado mas em boas condições, para que ele pudesse vestir-se da cabeça aos pés. Além disso levou dinheiro para fazer a barba e tomar um banho, e o endereço de um escritório eleitoral, onde o emprego já lhe estava assegurado.

Algumas semanas depois, ao passar de ônibus pela Praça Paris, vejo-o refestelado num banco, às duas horas da tarde, coçando o pé através de um buraco no sapato. Vestia-se como sempre e deixara crescer definitivamente a barba.

Passou uns tempos desaparecido, até que, certa manhã, a empregada me estendeu um telegrama:

– Tem aí fora um vagabundo que veio trazer isso e está esperando a resposta.

Não era propriamente um telegrama, ou, pelo menos, ainda não fora remetido: era um impresso do telégrafo onde ele redigira a lápis a sua mensagem, que viera trazer pessoalmente: "Faço votos feliz natal próspero ano novo solicitando sua habitual ajuda – abraços do primo J. Pagão." Estávamos em março.

A partir de então me felicita a propósito de tudo, desde a celebração da Páscoa ao resultado de um jogo de futebol, passando por todas as datas históricas, existentes ou não em nosso calendário.

Ontem, porém, mandou pedir-me que o atendesse pessoalmente.

Tão logo me viu, foi dizendo:

– Hoje, primo, não quero nada. Vim me despedir, mudo para Niterói. Tem lá um parente nosso que está precisando de meus préstimos.

E, despedindo-se, pediu-me apenas 1.000 cruzeiros para tomar a barca.

5
Manobras do esquadrão

O Esquadrão de Cavalaria estava acampado junto ao rio das Mortes. Era hora do rancho e já nos muníamos de nossos pratos de folha, quando foi dado o alarma:

– Atenção! Bombardeiro inimigo!

Tínhamos camuflado as barracas com ramos de árvore. Os cavalos estavam... Onde estavam mesmo os cavalos? Agora me lembro, não havia cavalos, tínhamos vindo em caminhões, os cavalos seguiram de trem, para nos esperar em Barbacena. Corremos todos, seguindo as instruções, para os abrigos cavados na terra. O bombardeiro inimigo, um teco-teco da base aérea de São João del-Rey, deixou cair meia dúzia de bombas, que eram sacos de papel cheios de cal, e foi-se embora. A bateria antiaérea fez fogo. Passado o perigo, o rapaz da metralhadora apresentou-se ao capitão:

– Inimigo neutralizado, comandante.

– Abatido? – perguntou o capitão, a cara mais séria deste mundo.

– Quem, eu?

– O avião, sua besta.

– Não: recebeu impactos diretos na asa e na cauda.

Meninos brincando de guerra. Finda a brincadeira, saímos para o rancho e descobrimos, consternados, que o inimigo havia acertado em cheio uma bomba de cal na carroça de cozinha, exatamente dentro do caldeirão de feijão. Fora-se o nosso almoço.

– Isso eles fizeram de propósito – protestaram alguns, mostrando os punhos indignados para o teco-teco que se perdia no horizonte.

O pessoal da bateria antiaérea saiu à caça, matou um tatu e comeu. Nós ficamos sem comer.

Depois foi o avanço noturno para fazer frente ao inimigo. O inimigo era o 10º Regimento de Belo Horizonte, o 12º Regimento de São João del-Rey e os Caçadores da Bahia. Nunca chegamos a ver estes famosos Caçadores, mas falava-se muito – diziam que eles iam nos liquidar. Os outros estavam em toda parte. As colunas do 12º a nós se misturavam na estrada, buscando uma posição onde nos combater. Os comandantes se desentendiam:

– Suma com sua tropa! Tudo junto assim não é possível.

– Veja lá como fala. Você é inimigo! Prendo todo mundo e acabo com a guerra.

– Pois então prende! É um favor que você me faz.

Chovia, marchávamos em plena lama, ninguém se entendia. Dentro da noite apareceu um coronel a cavalo para avisar ao nosso comandante que os Caçadores da Bahia haviam perdido o rumo, àquelas horas deviam ter ultrapassado Minas Gerais e já estariam próximos do Rio Grande do Sul. Nosso comandante disse que não tinha nada com isso porque os Caçadores da Bahia eram inimigos – descobriu-se então que o coronel a cavalo era inimigo também.

– Sabe de uma coisa? O senhor está preso.

Prendeu-se o coronel e arrecadou-se o seu cavalo.

A coluna progredia pela estrada, mas já nos engavetáramos definitivamente na retaguarda de um pelotão de viaturas. As viaturas eram nossas, e as deixaríamos de bom grado para o inimigo, pois não progrediam: as carretas atolavam-se na lama e dois muares, errando a direção de uma ponte, haviam precipitado um pesadíssimo canhão dentro do rio. O aspirante Helvécio tocou-me o braço, chamou-me a um canto:

– Nosso pessoal já sumiu. Não sei quem é essa gente. Tem um capitão ali querendo me requisitar para seu ajudante de ordens. Essa guerra está ficando chata. Vamos cair no mato?

Caímos no mato, deixando para trás a estrada. Nosso plano era descobrir um abrigo para a chuva, aguardar o amanhecer e rumar diretamente para Santana, onde ia ter nossa unidade. Andamos no mato a noite inteira. A certa altura Helvécio foi passar debaixo de uma goiabeira, abriu caminho, largou um ramo na minha cara.

– Estou ferido! – berrei.

A princípio pensei que o ramo me tivesse vazado o olho. Helvécio saiu a guiar-me como um cego, resolveu ganhar de novo a estrada. Apareceu um major de automóvel:

– Este aspirante foi ferido em combate – disse-lhe meu amigo.

– Azul ou Vermelho? – perguntou o major.

– Azul.

– Então entrem.

Éramos do Exército Azul. Passamos por uma localidade onde soubemos que uns aspirantes de cavalaria haviam conquistado o botequim e requisitado o estoque de cigarros Alerta.

– São eles – reconhecemos logo. – Não devem estar longe.

PROSSEGUIMOS viagem, mas logo adiante o automóvel foi detido, com major e tudo: caíramos em mãos dos Vermelhos. Sem nada poder ver, eu identificava, entretanto, uma voz conhecida.

– Helvécio, veja quem é esse sujeito que prendeu o major.

Helvécio foi ver e voltou, exultante:

– É o capitão Nélson!

Isso queria dizer que, pelo menos, não seríamos fuzilados: o capitão Nélson fora nosso instrutor no CPOR e agora, ainda que inimigo, daria tratamento condigno aos seus prisioneiros. Fui examinado pelo tenente-veterinário, recebi um tampão no olho e uma ordem escrita para recolher-me ao Hospital de Fogo, em Juiz de Fora.

– E agora?

Pedimos ao capitão Nélson que nos deixasse fugir, mas ele se indignou. Atingimos uma cidadezinha ao amanhecer, fomos recebidos em festa.

– Há um ferido – diziam, apontando-me.

Providenciaram para mim uma cama e fui dormir. Acordei às duas horas da tarde – já não havia um só militar na cidade.

– Todos fugiram – me disse um velho à porta da venda – e esqueceram o senhor. O inimigo vem aí.

– Então são amigos. Eu sou Azul.

Invejei a sorte de Helvécio, que se fora embora, feito prisioneiro do capitão Nélson. Deram-me de comer, ofereceram-me um carro de boi para me conduzir até São João del-Rey. Um carro de boi levaria um mês para chegar a São João del-Rey.

– Muito obrigado – disse. – Prefiro ir a pé mesmo.

FIQUEI RONDANDO pelo lugarejo, olhado por todos com piedade, sentindo-me Miguel Strogoff, barba por fazer, sujo e cansado. "Cego de um olho", pensava, e tinha vontade de chorar. Talvez se eu fingisse de mendigo poderia ficar espionando o invasor. A essas alturas, por causa do capitão Nélson, já me sentia Vermelho também. A mocinha da farmácia se ofereceu para pingar colírio. Considerei por um instante a possibilidade de me apaixonar por ela para o resto da vida, mas o dente de ouro do seu sorriso afastou logo essa ideia infeliz. Não havia esparadrapo. Passaram-me uma faixa de gaze pela cabeça, cobrindo o olho ferido, e ingressei definitivamente num filme sobre a guerra franco-prussiana. Apoiado num bordão, encetei minha viagem pelas longas estradas de Minas.

Depois de duas horas de marcha, atingi o carro de boi.

Aboletei-me ao lado do carreiro e lá fomos nós, rinchando pachorrentamente por este mundo afora. O homem me contou que os soldados tinham acabado com a safra de laranjas daquele ano, na fazenda de seu patrão.

– *C'est la guerre* – limitei-me a comentar.

Ele concordou e passou a olhar-me com respeito.

UMA CAMIONETA APONTOU ao longe. Quem dirigia era um sargento – inferior, portanto. Requisitei a camioneta, ainda que o sargento protestasse, dizendo que levava munição de boca da Intendência de São João para a tropa.

– Azul ou Vermelho?

– Vermelho.

– Então é presa de guerra. Sou Azul.

Fiz a camioneta voltar, deixamos para trás o carro de boi. A munição de boca era um saco de farinha. Morto de fome, enchi uma cuia e pus-me a comer. Em pouco, entalado de farinha, pedi água.

– Água? – e o sargento pôs-se a rir.

Cheio de farinha até o pescoço, eu mal podia falar. A camioneta caiu num atoleiro, não havia jeito de sair. Duas horas depois surgiu a nossa salvação: o carro de boi que eu desprezara. Rebocamos a camioneta com a junta de bois – o carreiro me deu um gole de cachaça para fazer descer a farinha.

– Vamos em frente! – comandei.

Eram cinco e meia da tarde quando demos entrada em São João del-Rey. Mal tive tempo de tomar uma garrafa de água mineral no botequim da esquina e rumar para o campo de aviação.

– Quem está vencendo? – perguntou-me um gaiato.

Encontrei um tenente dos... Caçadores da Bahia. Estava vestido de tenente mesmo, como qualquer um de nós:

– Vim parar aqui não sei como. Você não quer me prender, por favor? Isso é uma esculhambação, aqui é território inimigo e ninguém me prende. Acabo respondendo a Conselho de Guerra como desertor.

– Quer ser meu anspeçada? – sugeri.

– Anspeçada? – ele se aprumou: – Sou tenente! E esse posto nem existe mais.

– Então dane-se.

E fui-me embora.

NO CAMPO DE AVIAÇÃO fiquei aguardando o avião, que tinha ido bombardear as linhas de frente. Um capitão médico me examinou o olho:

– A coisa está preta – limitou-se a dizer.

Em pouco chegava o avião, mas o piloto, das hostes adversárias, foi para casa jantar. O tenente Álvaro, do Aeroclube, se dispôs a levar-me. E levou mesmo – mas como! Os leitores me desculpem, mas terei de voltar a este tenente Álvaro, para denunciá-lo à Nação.

6
Vol de nuit

O tenente Álvaro não era aviador coisa nenhuma. Era tenente da reserva, como eu, servindo no 11º Regimento de Infantaria, nosso aliado nas manobras, mas em doce disponibilidade em São João del-Rey, não sabe à custa de que magnífico pistolão. De aviador só tinha mesmo dez horas de voo – pertencia ao Aeroclube de Juiz de Fora, o que queria dizer que já dera umas voltas em cima do campo de Benfica. Agora se limitava a acompanhar o piloto nas suas surtidas sobre as hostes inimigas, quando o teco-teco se fazia em bombardeiro e despejava bombas em cima da cabeça da gente. As bombas eram sacos de papel cheios de cal, e aquela que acertou na viatura da cozinha, dentro do nosso caldeirão de feijão, disse o tenente Álvaro que foi ele quem deixou cair. O que fazia do tenente Álvaro um traidor, pois o avião era requisitado pelo 12º Regimento, nosso inimigo e, portanto, dele também. Mas não chegou a ser fuzilado, pelo contrário: de tarde vestia uma bela fatiota e, enquanto comíamos poeira e respirávamos cal viva no *front,* ia passear sua elegância nas ruas de São João, conversar com as meninas do Hotel Hudson.

O TENENTE ÁLVARO me olhou de alto a baixo:

– Você está ruinzinho, hein, rapaz?

E ordenou ao negrinho que nos espiava a poucos passos:

– Prepare o avião.

Depois me disse, acendendo um cigarro:

– Vamos estudar o plano de voo.

Levou-me a uma sala, estendeu sobre a mesa um mapa da região e pôs-se a estudá-lo como Errol Flynn em *Patrulha da madrugada:*

– São 130 quilômetros daqui até lá. A velocidade máxima é exatamente 130 quilômetros. Donde – me apontava o lápis, concentrado – uma hora de voo, na melhor das hipóteses.

Consultou o relógio:

– Saímos às seis e chegamos às sete. Se chegarmos depois das sete, o melhor é não sair.

O negrinho voltava do campo dizendo que o avião já estava preparado – e ficou esperando uma gorjeta. Havia apenas passado uma flanela no para-brisa.

– Vamos traçar a rota? – propôs o tenente Álvaro, gravemente.

E com uma eficiência de verdadeiro comodoro do ar, aplicou uma régua sobre o mapa, ligou as duas cidades com uma linha reta num risco de lápis.

– Tudo pronto. Podemos partir.

Partimos. O avião desgarrou-se do chão meio aos solavancos, um pouco mais cedo do que eu esperava, mas o comodoro me disse que era assim mesmo:

– Quanto mais cedo melhor. Se chegarmos depois das sete horas, babau!

– Babau? – repeti.

– Estará escuro e o campo de Juiz de Fora não tem luz.

– Ah... Então a gente volta...

– Não: o de São João também não tem. Mas enquanto houver gasolina...

Inclinou-se para a frente, olhando o painel:

– Será que aquele moleque se lembrou de botar gasolina?

– Babau – suspirei, engolindo em seco. O comodoro procurou tranquilizar-me, batendo jovialmente no meu joelho:

– Não tem perigo, rapaz. Enquanto estiver voando, é porque vai tudo bem.

Depois, para estimular-me, pediu que o ajudasse um pouco com a navegação. A navegação consistia em um de nós olhar o mapa, enquanto ia dizendo:

– Veja lá embaixo se tem um córrego. Tem? Agora um povoadozinho à direita. Agora uma estrada...

Forçando a vista sã, com os dedos a segurar as pálpebras, eu olhava, olhava, e não via nada.

– Não estou vendo nada. Acho que fiquei ruim da outra vista.

– Entramos numa nuvem – explicou ele. – Estou tentando sair. Já subi pra burro e nada. Descer não posso porque esbarro na montanha. Talvez se tentássemos Barbacena...

Examinou o mapa:

– Barbacena já ficou para trás.

– Onde estamos? – perguntei.

– Pelos meus cálculos, aqui... aqui...

Correu o dedo ao longo do mapa e olhou-me, consternado:

– Veja você, saímos do mapa. Vamos voltar?

Indignei-me:

– Você não disse que era piloto? Que sabia dirigir essa joça?

– Calma, rapaz. Dirigir é muito simples. É só não perder o rumo.

– Perdemos o rumo – balbuciei.

– Não – tranquilizou-me ele: – Já prometi aqui dez padre-nossos e dez ave-marias por conta, se sairmos desta.

Em pouco a nuvem foi-se esgarçando – eu prometera um rosário inteiro – e saímos para um céu manchado de rosa. Lá embaixo as sombras iam escurecendo um imenso vale.

– Deve ser o vale do Paraíba – disse ele, enxugando o suor da testa. – Eu não falei que saíamos? Minha reza é forte. O norte deve ser para lá, pois olha o sol se escondendo ali. Veja se descobre lá embaixo um rio.

– Ali – apontei, feliz como um índio.

– É o Paraíba. Agora aguenta a mão, não vá me perder o Paraíba. Para que lado estará Juiz de Fora?

Depois de alguma hesitação, resolvemos tirar a sorte e escolhemos um dos lados. Minutos mais tarde descobrimos, agoniados, que estávamos voltando para São João del-Rey: à nossa frente uma nuvem medonha, escura e feroz – aquela de onde havíamos saído – se abria para engolirnos. Fizemos a volta, baixando ainda mais, não perdendo o rio um só instante.

ERAM SETE E MEIA da noite quando avistamos as luzes de Benfica.

– Vamos voar sobre a cidade para alertar o pessoal – disse o tenente Álvaro apreensivo.

Depois de girarmos sobre Juiz de Fora alguns minutos, ele tomou rumo do campo:

– Melhor é a gente descer de uma vez, antes que a gasolina acabe. Pelo jeito já está acabando.

– Descer nesta escuridão?

Na estrada seguia, vertiginosa, a camioneta, com o pessoal do Aeroclube. Estavam jantando, cada um em sua casa, quando ouviram o avião e se reuniram às pressas para recolher nossos cadáveres. Puseram os faróis do carro a iluminar a pista, e foi com esta luz que descemos. Esta e a luz das estrelas, fazia uma noite bonita. Foi a primeira coisa que notei quando pisei em terra, pensando em Saint-Exupéry. Pedi que me deixassem no hospital, não se esquecessem de que eu era um ferido de guerra. E estava precisando mesmo de hospital.

Antes, porém, me despedi do tenente Álvaro:

– Grande perícia, comodoro.

– Para a última vez, foi bom.

– Última? Pensei que fosse a primeira.

Foi a última. Soube, mais tarde, que o comodoro fora impedido de voar pela direção do Aeroclube, para o bem de todos e felicidade geral da Nação. A esta Nação o denuncio: cuidado. Não lhe confiem o manche de nossos aviões. Em terra, porém, contem com ele como excelente advogado: trata-se do Dr. Álvaro Guimarães, que aliás está até defendendo uma causa minha. Ainda ontem estive com ele, me disse que vai a Belo Horizonte por esses dias:

– De trem – tranquilizou-me.

7
O Falcão Negro

Primeiro Pedro ficou brincando com soldadinhos de chumbo: escondeu um debaixo do sofá onde eu estava sentado, tentando ler o jornal, outro no vaso de samambaias da varanda, outro ainda atrás da televisão – espalhou o exército pela casa toda e começou a guerra. Logo se cansou daquilo, não havia inimigo. Veio me puxar pelo braço:

– Vem ver uma coisa.

Levou-me para ver o vidro da janela do banheiro, que se quebrara com as explosões do novo túnel ali na esquina – na forma de um peixe direitinho!

– Só falta o rabo, olha aí. Vamos acabar de quebrar?

Depois me deixou regressar ao jornal, tendo descoberto que uma tampinha de Coca-Cola atirada na banheira cheia d'água afunda ou não afunda? Podia ficar boiando feito uma coisa, uma boia mesmo, olha aí.

– Olha aí.

Era uma máquina de grampear que descobrira na gaveta.

– Para que serve isso?

Para quebrar, evidentemente. Desmontar, ver como era por dentro, se dava tiro, se servia para guerra, transformada em arma secreta do seu exército. Em pouco as peças estariam espalhadas pela sala.

– Você já tomou banho hoje, Pedrinho?

– Depende.

A resposta não procedia, mas tive de contentar-me com ela. Ele foi à cozinha, voltou comendo uma banana. Depôs a casca no parapeito da janela.

– Você compra um balão de gás para mim?

– Depende – vinguei-me, mais cedo do que esperava.

– Mas só serve de gás. Daqueles que sobem. Para transmitir mensagem.

– Mensagem como?

– Solto lá embaixo na rua com uma mensagem e venho pegar aqui em cima.

Empurrou com o dedo uma ponta de cigarro no cinzeiro, acabou apanhando-a e me olhava de lado, aguardando minha reação.

– Olha aí eu fumando.

– Larga isso, menino – zanguei, para satisfazê-lo. Deu uma risadinha, atirou longe o cigarro e saltou-me ao colo, amassando o jornal:

– Você tem um nariz torto.

– E você tem uma cara torta.

– E você uma cara de besta.

Protestei:

– Falta de respeito.

Ele ficou sério:

– Vem brincar comigo, vem.

Não havia jeito. Resignado, levantei-me.

– De que é que nós vamos brincar?

– Futebol de botão.

Eis o que seria temerário: sei que estou destreinado, há anos não jogo. E sempre contei vantagem, não poderia me desmoralizar.

– Futebol, não. Pega dois botões aí, vamos jogar fava.

– Fava?

– Você nunca jogou fava?

Passamos à varanda. Dei-lhe as instruções necessárias:

– Com fava mesmo seria melhor. Mas estou desconfiado que você nunca viu uma fava na sua vida.

Fui o primeiro a jogar, o botão se deteve a um palmo da parede. Pedro jogou também o seu, mas, desajeitado, fez com que rolasse de volta até junto de nós.

– Perdeu! Um a zero.

Tornamos a jogar, e de novo eu ganhei. Obstinado, ele ia aprendendo a maneira certa de atirar o botão, a conter o impulso do braço. Quando já estava cinco a zero, ganhou pela primeira vez.

– Agora você vai ver comigo – prometia, excitado.

Realmente, sua reação começou a diminuir a diferença, em pouco ameaçava passar-me à frente para ganhar a partida, que era de dez.

– Oito a oito! – gritou ele: – Empate!

Ganhou a jogada seguinte, tornei a empatar, para dar mais emoção à sua vitória. Era a última vez, a decisiva: cabia-lhe jogar primeiro. Concentrou-se, firmando-se nas perninhas, experimentou o galeio do braço e afinal atirou magistralmente o botão, que deslizou no ladrilho até se deter junto à parede. Não se conteve, pôs-se a saltar de alegria, já celebrando o triunfo com caretas e gatimonhas:

– Desta você nunca há de ganhar.

Era minha intenção jogar esta última vez de qualquer maneira, para confirmar-lhe a vitória. Atirei o botão com displicência, mas ele não somente se colou também à parede, como empurrou o outro para trás. Meu adversário ficou olhando desapontado:

– E agora?

– Não valeu – consolei-o.

No meu tempo, um lance daqueles era considerado exemplar.

– Você disse que valia – protestou ele, muito digno.

Realmente, no decorrer do jogo eu dissera qualquer coisa, agora ele não me deixava voltar atrás:

– Quem ganhou foi você.

– Está bem – conformei-me: – Então vamos jogar outra.

Mas ele voltou-me as costas, superior na derrota como na vitória, dizendo que não queria brincar mais, era um jogo muito chato. E foi ligar a televisão, ficou assistindo a um programa. Em pouco, rosto oculto por uma máscara de papel, pulando sobre as cadeiras, dizimava toda uma quadrilha de bandidos na sala de jantar, transformado num herói qualquer. O Falcão Negro, se não me engano.

8
Marinheiro de primeira viagem

Às quatro horas da tarde o navio levantou âncora. Na amurada da popa, eu via o porto se afastar, o contorno dos arranha-céus cada vez mais esfumado. Em pouco os cinco ou seis amigos que haviam ido levar-me o seu abraço de adeus não passavam de pequeninos pontos no cais. Eu estava me despedindo de Nova York. Era o dia 3 de abril de 1948.

O *SS Minute Man*, cargueiro dinamarquês da Sheppard Line, dispunha de apenas três cabines de passageiros. Duas eram ocupadas por mim e minha família; a terceira, por um misterioso professor espanhol, que mal cheguei a ver no momento do embarque.

ÀS CINCO HORAS o navio começou a jogar. Nova York sumira na linha do horizonte. E o horizonte subia e descia, num balanço cada vez mais forte. Estendi-me na cama do beliche, derrotado pelo enjoo, depois de vomitar até a alma, no vaso do cubículo que vinha a ser o nosso banheiro. Por entre as pálpebras caídas, via um rebanho de ondas cada vez maiores surgir e desaparecer na escotilha, embalando o navio. Helena ficara no convés, tentando distrair Eliana, então com pouco menos de três anos. Logo ambas se recolhiam também:

– Como está se sentindo?

– Agonizante.

Ela aguentando firme. Eu devia ter mesmo o estômago mais fraco. E a menininha simplesmente se divertindo com o balanço do navio. Já Leonora, de dois meses, jazia na cabine, dentro de uma cesta que servia de berço, junto a outro bebê da mesma idade – a filha da governanta. Do interior de Minas e, como eu, pouco afeita ao mar, a governanta também não estava achando a menor graça naquela viagem.

ÀS SEIS HORAS o capitão, um dinamarquês corpulento e de rosto saudável, veio ver como estávamos passando. Eu lhe disse (profeticamente) que, se continuasse assim, preferia voltar. Ele achou graça na minha condição de moribundo de primeira viagem:

— Esta zona é assim mesmo. À medida que nos aproximamos do Caribe, o mar vai ficando um pouco mais grosso. Depois melhora.

E me aconselhou a ir até o salão de refeições comer alguma coisa. A ideia me deu engulhos, mas ele me convenceu de que era o melhor a fazer — e usou um argumento também um pouco grosso: eu teria pelo menos o que vomitar.

Foi preciso que um marinheiro me ajudasse a atravessar o corredor. Mal me vi à mesa, um balanço maior fez com que a cadeira deslizasse de costas ao longo de todo o salão, e fui me agarrando à toalha das outras mesas como num filme de Carlitos, até bater na parede.

Regressei ao beliche: preferia morrer deitado.

O navio atirado de um lado para outro, ondas se espatifando contra o casco. Isto é que é mar um pouco mais grosso? Tudo chacoalhando freneticamente, lá na cozinha um estardalhaço de louça que se espatifava. No olhar dos marinheiros, apoiando-se às paredes para avançar pelos corredores, via-se que estávamos enfrentando uma respeitável tempestade. Lá fora chovia pesadamente, relâmpagos cortavam a noite.

ÀS SETE HORAS, ouviu-se de repente uma explosão. O navio corcoveou como um cavalo assustado. Meu corpo saltou no beliche. As gavetas pularam da cômoda. Cadeiras, malas, sapatos, roupas, tudo começou a rolar de um lado para outro. A porta do banheiro se escancarou e a governanta foi expelida, calcinha ainda arriada pelos joelhos:

— Eu sabia! — ela gritava: — Bem que eu dizia!

— Cale a boca e me ajude aqui.

Ajoelhado, eu tentava conter as crianças. Eliana se agarrava às pernas da mesa e os dois bebês, despejados do berço, punham a boca no mundo, rolando de cá para lá. Ajudado pela governanta, consegui ajeitar as crianças num canto, com travesseiros e cobertores.

Helena estava lá pela cozinha do navio, às voltas com mamadeiras. Arrastei-me até o corredor, tentando descobrir seu paradeiro. Vi passar, amparado por outro, um marinheiro com olhar patético e o rosto coberto de sangue, os dois braços em carne viva, a pele chamuscada caindo sobre as mãos como mangas esfrangalhadas de uma camisa. Atrás dele o contramestre exclamando em inglês:

– Meu Deus, estamos perdidos.

Ao ver-me, procurou se recompor, respondendo sumariamente às minhas perguntas aflitas:

– Tudo sob controle. Tudo sob controle.

E desapareceu pelo corredor, atrás do marinheiro ferido. O professor espanhol surgiu de sua cabine, tocou-me o braço:

– ¿Qué pasa? ¿Qué pasa?

– Tudo sob controle – disse eu.

E fui me refugiar no beliche, deixei-me cair de novo na cama, não podendo mais de enjoo. Vi com indiferença dois camareiros porto-riquenhos entrarem na cabine, dizendo que a ordem era vestir os salva-vidas. Cheguei a pensar que me ensinavam como usá-lo: cada qual vestiu um, retirados ambos de nosso armário, e deram no pé. Mais tarde eu soube que eram justamente encarregados de nossa segurança – foram punidos pelo que haviam feito.

– Há um incêndio a bordo. Vamos ter de abandonar o navio.

Helena chegava com a novidade: abandonar o navio. Fechei os olhos. No estado em que me achava, a ideia de abandonar o navio era uma sentença de morte. Eu preferia afundar com ele, me deixassem ali mesmo. Não podia acreditar que houvesse escaler capaz de enfrentar ondas daquele tamanho.

Ela dizia que a ordem do capitão era levarmos apenas uma valise com objetos de primeira necessidade. Quais seriam os objetos de primeira necessidade? O canivete? Ou o aparelho de barba? Ou uma caixa de fósforos? E as crianças, como nos arranjar com elas? Os dois bebês na cesta, será que ela flutuava, como uma casquinha de noz?

Que ideia, aquela minha, voltar para o Brasil de navio, ainda mais um cargueiro. Depois de dois anos e meio em Nova York eu trazia, além de mais uma filha, uma porção de malas, várias caixas de livros, uma geladeira e um automóvel. Achei melhor viajar no próprio navio que transportava a minha tralha.

Logo surgiu um marinheiro com instruções: devíamos aguardar no beliche, prontos para qualquer emergência. E providenciou novos salva-vidas.

Os dois bebês dentro da cesta e a menininha pela mão, ali ficamos, metidos naquela ridícula jaqueta, esperando pelo pior.

ÀS OITO HORAS, uma notícia trazida pelo próprio comandante: o fogo estava sob controle e tinham estabelecido contacto com outros navios. Um deles, a poucas horas de nós, já se aproximava, para um possível transbordo.

O professor espanhol, parecendo um boneco no seu salva-vidas, meteu o nariz assustado na porta da cabine.

– ¿Qué pasa? ¿Qué pasa?

O comandante repetiu-lhe, em castelhano fluente, o que acabava de nos informar. Depois disse que tinha outras providências a tomar e sumiu.

Tipo curioso, esse comandante. Bonachão, rosto vermelho e cabelos cor de areia, mais tarde ele me contaria, entre baforadas de cachimbo, consumindo comigo algumas latas de cerveja noite adentro, episódios dramáticos de sua vida no mar. Tinha a respeitável experiência de dois naufrágios durante a guerra: um torpedo e uma mina. No primeiro caso, cumpriu a tradição: foi o último a abandonar o barco. No outro, foi o primeiro: a explosão o atirou diretamente da ponte de comando ao mar. A princípio achou que havíamos também batido numa mina, dada a violência da explosão. Só mais tarde pôde verificar que, as ondas atirando o navio de um lado para outro, dois tonéis de tinta soltaram-se de suas amarras e se chocaram, explodindo. O fogo se alastrou num porão da proa, queimando vinte automóveis (o meu estava num porão da popa), centenas de máquinas de escrever e toneladas de espaguete.

Ficamos sabendo disso depois do perigo. Naquele momento em que aguardávamos instruções para abandonar o navio, a conversa era outra:

– Transbordo? Passar de um navio a outro? Com o mar desse jeito?

A verdade é que já íamos regressando a Nova York. Nem demos conta do momento em que o cargueiro fez a volta.

A PARTIR DE ENTÃO, as coisas se acalmaram. Aos poucos as ondas foram ficando menores e o balanço suportável. Ou eu já estava me acostumando, ou foi efeito do susto – o certo é que meu enjoo acabou.

Às nove horas, uma notícia tranquilizadora: antes de meia-noite estaríamos em terra firme. Com licença do comandante, subi ao tombadilho. O perigo tinha passado, mas não despi o salva-vidas – por mim estaria com ele até hoje.

Não contava com aquela visão: estávamos cercados de navios. Tinham acorrido aos nossos sinais de socorro, alguns do porto de Nova York, outros desviando-se de suas rotas. Ao lado singrava um barco vermelho todo iluminado, especial para enfrentar incêndios no mar. Do porão incendiado saíam ainda rolos de fumaça, mas não havia mais chamas. Os marinheiros continuavam a manejar mangueiras-d'água nos trabalhos de rescaldo. Além de um ou outro com queimaduras leves, a única vítima fora o marinheiro atingido pela explosão, que eu vira no corredor.

A CHUVA HAVIA passado e o céu se encheu de estrelas. Em pouco Nova York surgia ao longe e ia crescendo aos nossos olhos. Vários helicópteros sobrevoavam o navio. Um deles pousou no tombadilho, trazendo jornalistas. O capitão, irritado, dizia que não fora nada. Infelizmente ninguém se lembrou de me entrevistar.

Como teoricamente já estivéssemos fora dos Estados Unidos, ficamos morando no navio alguns dias, até que ele fosse reparado e pudéssemos reiniciar a viagem.

Que transcorreu desta vez sem incêndios nem tempestades. Passamos pelo Caribe em brancas nuvens. Foram quinze dias de mar calmo. Não tendo o que fazer a bordo, distraí-me ajudando os marinheiros. Cheguei a deixar crescer a barba.

9
Panorama visto da ponte

Morando no navio, eu podia descer a Nova York com um salvo-conduto. Logo na primeira noite, resolvi fazer uma surpresa aos amigos que à tarde tinham se despedido de mim. Eu sabia em que bar encontrá-los. E estava aflito para sair um pouco daquele navio.

Cerca de onze horas da noite, desci a escadinha do portaló e ganhei o píer 9, como dizia a tabuleta do cais. *SS Minute Man* – estava escrito no casco. Observei tudo bem, para não errar o caminho de volta.

Fui seguindo pelo porto de Brooklyn, onde outros navios se alinhavam – píer 8, píer 7, assim até o píer 1. Uma extensa caminhada, até me ver debaixo da enorme armação de aço – a famosa ponte de Brooklyn. Tomei a direita, subi uma pequena ladeira, junto à ponte, e emergi numa praça que se abria diante dela. Fui direto à estação do *subway*.

O trem que me levou a Manhattan passava por baixo do East River. Saltei, ganhei a superfície e, depois de andar um pouco, me vi diante de Minetta Tavern, o bar do Village que buscava.

Dei com eles na mesa de sempre: meia dúzia de amigos que naquela tarde me haviam levado o seu adeus ao cais de Brooklyn e viram o navio sumir comigo no horizonte.

Busquei uma mesa a um canto, como se não os conhecesse. A certa altura o Fernando Lobo olhou para o meu lado, arregalou os olhos, cutucou o Zé Auto. O Zé Auto apertou os olhos por detrás dos óculos e sacudiu a cabeça como quem diz: não pode ser, estamos bêbados. Ovalle assestou o monóculo em minha direção. Como a olhar um bicho raro, resolveu observar de perto, e veio vindo meio inclinado para a frente, num passo cauteloso de quem não quer espantar a caça. Diante de mim, muito sério, finalmente disse:

– Você se parece tanto com um amigo nosso que está convidado a tomar um uísque conosco.

ERAM DUAS HORAS da manhã quando peguei o trem de volta a Brooklyn. Saltei na praça em frente à ladeira que me levaria ao navio.

Surpresa da minha vida: à esquerda da ponte não havia nenhuma ladeira. Um muro alto vedava a passagem.

Voltei até o meio da praça, diante da entrada da ponte. Olhei-a, intrigado. Eu podia ter bebido além da conta, mas não a ponto de não achar o meu caminho. Procurei refazer mentalmente o percurso que me levara do navio até ali: píer 9 escrito na tabuleta, o *Minute Man* ancorado; os navios ao longo dos cais; os píeres em ordem decrescente, a pequena ladeira – nada daquilo existia mais. Ali estava a ponte, imponente, a me desafiar.

– Perdeu alguma coisa?

Era um guarda, plantado a meu lado, como se tivesse nascido do asfalto. Eu não podia responder que havia perdido um navio – ou mesmo uma pequena ladeira à esquerda da Ponte de Brooklyn.

– Esta é a Ponte de Brooklyn, não? – perguntei.

Ele disse que sim, mas por sua vez perguntando se a hora não seria um tanto tardia para apreciá-la.

– Bem, seu guarda, acontece que...

Tive de contar toda a história daquele longo dia: o embarque à tarde, o incêndio a bordo, o regresso, o navio tendo que ser reparado. Mostrei-lhe o salvo-conduto:

– É que não estou mais nos Estados Unidos.

Ele me olhava, perplexo. Um táxi ia passando, fiz sinal:

– Talvez o motorista saiba onde fica o píer 9. Boa noite, seu guarda, muito obrigado.

Já no táxi, pedi que me levasse ao píer 9. O motorista não vacilou: embrenhou-se por uma rua, outra, e mais outra... Eu sabia que Brooklyn é um bairro confuso, havia até hotel para os que acaso se perdessem. O que me afligia é que nos afastávamos da ponte, meu ponto de referência. Mas o motorista parecia saber tão bem onde estava indo que me recostei no assento, deixei o carro rolar.

– Não posso passar daqui. É zona militar.

O carro parou sob um viaduto. Olhei para o lado que o motorista apontava:

– Onde estamos?

– Píer 9. Não foi o que pediu? Atrás daquele prédio. Da Marinha de Guerra.

Uma sentinela surgiu de dentro da noite, arma engatilhada, ordenando que nos afastássemos.

– Para onde agora? – quis saber o motorista.

Mandei que voltasse ao local onde me havia apanhado.

A volta me pareceu ainda mais longa. Eram quase quatro horas da manhã.

Sozinho diante da Ponte de Brooklyn, senti que ia ter uma crise de desespero, gritar, arrancar os cabelos: a ladeira que me levaria ao cais continuava inexistente. No lugar dela, a parede alta, inexpugnável.

Começou a chuviscar. Um vulto se destacou da sombra, um guarda, o mesmo guarda:

– Você de novo? – e ele tomou-me pelo braço: – Quem sabe você dá uma chegada até a delegacia? Lá a gente consegue encontrar o seu navio...

Não resisti e balbuciei, quase chorando:

– Pelo amor de Deus, seu guarda, juro que horas atrás havia um navio chamado *Minute Man*, no píer 9, aqui do cais de Brooklyn...

– Cais de Brooklyn? – ele empurrou o quepe para cima: – Então por que diabo você não vai para Brooklyn, do outro lado da ponte? Que é que está fazendo em Manhattan?

– Em Manhattan?

Eu tinha descido uma estação antes de Brooklyn. Bastou cruzar a ponte e em poucos minutos estava no navio.

10
Albertine Disparue

Chamava-se Albertina, mas Proust que me perdoe, era a própria Negra Fulô: negrinha, retorcida, encabulada. No primeiro dia me perguntou o que eu queria para o jantar:

– Qualquer coisa – respondi.

Lançou-me um olhar patético e desencorajado. Resolvi dar-lhe algumas instruções: mostrei-lhe as coisas na cozinha, dei-lhe dinheiro para as compras, pedi que tomasse nota de tudo que gastasse.

– Você sabe escrever?

– Sei sim senhor – balbuciou ela.

– Veja se tem um lápis aí na gaveta.

– Não tem não senhor.

– Como não tem? Pus um lápis aí agora mesmo!

Ela abaixou a cabeça, levou um dedo à boca, ficou pensando.

– O que é *lapisaí*? – perguntou finalmente. Resolvi que já era tarde para esperar que ela fizesse o jantar. Comeria fora naquela noite.

– Amanhã você começa – concluí. – Hoje não precisa fazer nada.

Então ela se trancou no quarto e só apareceu no dia seguinte. No dia seguinte não havia água nem para lavar o rosto.

– O homem lá da porta veio aqui avisar que ia faltar – disse ela, olhando-me interrogativamente.

– Por que você não encheu a banheira, as panelas, tudo isso aí?

– Era para encher?

– Era.

– Uê...

Não houve café, nem almoço e nem jantar. Saí para comer qualquer coisa, depois de lavar-me com água mineral. Antes chamei Albertina, ela veio lá de sua toca espreguiçando:

– Eu tava dormindo... – e deu uma risadinha.

– Escute uma coisa, preste bem atenção – preveni: – Eles abrem a água às sete da manhã, às sete e meia tornam a fechar. Você fica atenta e aproveita para encher a banheira, enche tudo, para não acontecer o que aconteceu hoje.

Ela me olhou espantada:

– O que aconteceu hoje?

Era mesmo de encher. Quando cheguei, já passava de meia-noite, ouvi barulho na área.

– É você, Albertina?

– É sim senhor...

– Por que você não vai dormir?

– Vou encher a banheira...

– A esta hora?!

– Quantas horas?

– Uma da manhã.

– Só? – espantou-se ela. – Está custando a passar...

– O SENHOR QUER que eu arrume seu quarto?

– Quero.

– Tá.

Quarto arrumado, Albertina se detém no meio da sala, vira o rosto para o outro lado, toda encabulada, quando fala comigo:

– Posso varrer a sala?

– Pode.

– Tá.

Antes que ela vá buscar a vassoura, chamo-a:

– Albertina!

Ela espera, assim de costas, o dedo correndo devagar no friso da porta.

– Não seria melhor você primeiro fazer café?

– Tá.

Depois era o telefone:

– Telefonou um moço aí dizendo que é para o senhor ir num lugar aí buscar não sei o quê.

– Como é o nome?

– Um nome esquisito...

– Quando telefonarem você pede o nome.

– Tá.

– Albertina!

– Senhor?

– Hoje vai haver almoço?

– O senhor quer?

– Se for possível.

– Tá.

Fazia o almoço. No primeiro dia lhe sugeri que fizesse pastéis, só para experimentar. Durante três dias só comi pastéis.

– Se o senhor quiser que eu pare eu paro.

– Faz outra coisa.

– Tá.

Fez empadas. Depois fez um bolo. Depois fez um pudim. Depois fez um despacho na cozinha.

– Que bobagem é essa aí, Albertina?

– Não é nada não senhor – disse ela.

– Tá – disse eu.

E ela levou para seu quarto umas coisas, papel queimado, uma vela, sei lá o quê. O telefone tocava.

– Atende aí, Albertina.

– É para o senhor.

– Pergunte o nome.

– Ó.

– O quê?

– Disse que chama Ó.

Era o Otto. Aproveitei e lhe perguntei se não queria me convidar para jantar em sua casa.

FINALMENTE O DIA da bebedeira. Me apareceu bêbada feito um gambá, agarrando-me pelo braço.

– Doutor, doutor... A moça aí da vizinha disse que eu tou beba, mas é mentira, eu não bebi nada... O senhor não acredita nela não, tá com ciúme de nóis!

Olhei para ela, estupefato. Mal se sustinha sobre as pernas e começou a chorar.

– Vá para o seu quarto – ordenei, esticando o braço dramaticamente. – Amanhã nós conversamos.

Ela nem fez caso. Senti-me ridículo como um general de pijama, com aquela negrinha dependurada no meu braço, a chorar.

– Me larga! – gritei, empurrando-a. Tive logo em seguida de ampará-la para que não caísse: – Amanhã você arruma suas coisas e vai embora.

– Deixa eu ficar... Não bebi nada, juro!

Na cozinha havia duas garrafas de cachaça vazias, três de cerveja. Eu lhe havia ordenado que nunca deixasse faltar três garrafas de cerveja na geladeira. Ela me obedecia à risca: bebia as três, comprava outras três. As de cachaça eram por conta dela mesmo.

Tranquei a porta da cozinha, deixando-a nos seus domínios. Mais tarde soube que invadira os apartamentos vizinhos fazendo cenas. No dia seguinte ajustamos as contas. Ela, já sóbria, mal ousava me olhar.

– Deixa eu ficar – pediu ainda, num sussurro. – Juro que não faço mais.

Tive pena:

– Não é por nada não, é que não vou precisar mais de empregada, vou viajar, passar muito tempo fora.

Ela ergueu os olhos:

– Nenhuma empregada?

– Nenhuma.

– Então tá.

Agarrou sua trouxa, despediu-se e foi-se embora.

11
Quem matou a irmã Geórgia

Sábado *eu vou* ao teatro – decidi ferozmente, ao saltar do ônibus em frente a uma agência teatral de Londres. Há meses que prometo à minha mulher levá-la ao teatro – só me lembro de comprar ingresso quando a peça a que ela gostaria de assistir já saiu de cartaz.

Entrei impávido agência adentro:

– Dois para sábado: *The Killing of Sister George*.

Saí com os dois ingressos no bolso. Sentia-me um herói: sábado nós iríamos ao teatro para saber quem matou a irmã Geórgia.

No sábado avisei minha mulher, displicente:

— Hoje nós vamos ao teatro.

Não quis acreditar: achou que era "uma das minhas". Tive de exibir os ingressos. Teatro, em Londres, começa às sete e meia – o que, de si, não é uma coisa séria. Eram seis horas quando regressamos de uma visita. Havia tempo de sobra.

Fomos recebidos pela empregada, o marido da empregada, a filha da empregada, a irmã da empregada, por ela convocados, verdadeiro comício de portugueses, entoando lamentações, como todo um elenco teatral no momento máximo do terceiro ato:

— Seu doutor! Já chamamos o socorro, não podem vir, seu doutor!

O socorro, pelo telefone 999: apenas polícia, assistência ou bombeiros. Nenhum deles falava inglês, o que eles queriam com os bombeiros? Não vá me dizer que é para consertar um cano furado.

Era.

Entramos pelo cano. A água, jorrando do sistema de aquecimento num quarto do segundo andar, infiltrava-se pelo soalho e começava a gotejar no forro da sala. E o forro da sala, de papelão e gesso como nas demais casas inglesas, já apresentava uma senhora barriga de pelo menos nove meses.

Entrei em brios, assumi o comando:

— Bacias e panelas para as goteiras. Antes que isso vire uma piscina. Localizar o registro geral da água. Toalhas para cobrir o chão. Retirar os móveis e o tapete. Saiam de baixo, que esse teto acaba desabando. Vamos, mexam-se.

Percorri todos os cantos e desvãos da casa, como um general, seguido do meu exército lusitano. Não encontrei o registro geral da água em parte nenhuma: nem debaixo da escada, nem na cozinha, nem no banheiro.

Resolvi subir ao forro do segundo andar, pelo alçapão: uma mesa, uma cadeira em cima da mesa, um banquinho em cima da cadeira.

— Você está maluco! Vai cair daí, meu Deus.

— Seu doutor! Seu doutor! — a comparsaria fazia coro, torcendo as mãos.

À custa de um galeio, que ainda hoje me dói nos quartos, consegui penetrar naquele mundo estranho, como o casco de um navio abandonado, que é o sótão de uma casa inglesa. Encontrei a caixa-d'água, mas não encontrei onde fechar a água. Voltei para o meu espavorido mundo doméstico, depois de ficar dependurado no teto como um enforcado, os pés buscando apoio nos ombros do português. Ah, minha roupa de ir ao teatro.

De súbito, um fragor lá na sala: parte do forro acabava de desabar. Pensaram que eu estava brincando? Fomos correndo ver. A água cobria o chão. Mas ainda dava pé.

— É preciso fazer alguma coisa. Antes que a casa toda caia.

Fazer o quê? O vazamento se dava entre o soalho e o forro, não havia acesso possível. Onde descobrir um bombeiro em Londres, num sábado à noite? Todos, certamente, haviam ido passar o fim de semana na sua casa de campo.

— Bombeiros, Serviço de Emergência — recitou minha mulher lá da sala, acocorada dentro da água junto ao telefone, catálogo aberto ao colo. As crianças, acordadas com o tumulto, se embaraçavam nas minhas pernas, maravilhadas com as goteiras.

— Não podemos ir aí — respondeu-me uma voz ao telefone, depois de um século. — A menos que o senhor seja sócio. O senhor é sócio?

Eu não era sócio. Garantiram-me que, depois de preenchido o formulário, que me enviariam pelo correio na segunda-feira sem falta, e pagar a minha taxa de inscrição, eu seria atendido em menos de quarenta e oito horas. Asseguraram-me que era o único serviço do gênero em toda a Inglaterra. Daí precisar de ser sócio.

Nova busca pela casa e fora dela, desta vez obstinada e furiosa:

– Deve haver um lugar de fechar: uma torneira, uma válvula, esse maldito registro geral.

O resto do forro começava a engordar, ameaçando cair. Eu já temia pelas camas e armários do quarto superior: dentro em pouco viriam abaixo com o soalho, já descarnado, seus negros ossos de madeira expostos, os fios elétricos à mostra, como tendões.

Era um pesadelo, do qual eu certamente ainda despertaria, em tempo de ir ao teatro. Minha mulher, obcecada pelo telefone, tentando a delegacia local, os serviços da municipalidade, as autoridades constituídas.

Às dez horas da noite bateram à porta. Fui abrir, e a água escorreu para a rua. Dei com um velhinho de farda preta, surrada, a me olhar como se fosse o meu próprio anjo da guarda, cansado de zelar por mim: era o homem do serviço de água do bairro, localizado pelo telefone. Correu os olhos ao redor, sacudiu a cabeça, desalentado, e tornou a sair resolutamente. Cheguei a pensar que estivesse indo embora. Dirigiu-se ao apartamento existente no porão. Em pouco voltava, vitorioso:

– Fechei o registro. É no vizinho de baixo.

O registro era no vizinho: vê quem pode.

– O senhor fica sem água até eu mandar o bombeiro.

Fiquei sem água até que ele mandasse o bombeiro. Na segunda-feira ele mandou o bombeiro. Ficou faltando apenas restaurar a feia chaga do teto, e isso seria novo ato do dramalhão. Caía o pano, eu voltava a viver em seco, eis o que importava.

Mas até hoje não sei quem matou a irmã Geórgia.

12
O golpe do comendador

Eu sabia que aquilo ainda ia acabar mal. Ele era noivo, à antiga: pedido oficial, aliança no dedo, casamento marcado. Mas, no ardor da juventude, não se contentava em ter uma noiva em Copacabana: tinha também uma namorada na cidade.

Encontravam-se na hora do almoço, ou em algum barzinho do centro, ao cair da tarde, encerrado o expediente. Ele trabalhava num banco, ela num escritório. A noiva não trabalhava: vivia em casa no bem-bom.

E tudo ia muito bem, até que a namorada, que morava na Tijuca, resolve se mudar também para Copacabana.

A princípio ele achou prudente não voltarem juntos, já que uma não sabia da existência da outra. Com o correr do tempo, porém, foi relaxando o que lhe parecia um excesso de precauções. Mais de uma vez eu adverti ao meu amigo:

– Cuidado. Um dia a casa cai.

– Seria o auge da coincidência – protestava ele.

Pois acabou acontecendo. Foi numa tarde em que os dois voltavam de ônibus para Copacabana, muito enlevados, mãozinhas dadas. Ali pela altura do Flamengo, ao olhar casualmente pela janela, ele viu e reconheceu de longe a moça que fazia sinal no ponto de parada.

Em pânico, o seu primeiro impulso foi o de gritar para o motorista que não parasse, para evitar o encontro fatal. Era o cúmulo do azar: havia um lugar vago justamente a seu lado, naquele último banco, que comportava cinco passageiros.

O ônibus parou e ela subiu. Ele se encolheu, separando-se da outra, mãos enfiadas entre os joelhos e olhando para o lado – como se adiantasse: já tinha sido visto. A noiva sorriu, agradavelmente surpreendida:

– Mas que coincidência!

E sentou-se a seu lado. Você ainda não viu nada – pensou ele, sentindo-se perdido, ali entre as duas. Queria sumir, evaporar-se no ar. Num gesto meio vago, que se dirigia tanto a uma como a outra, fez a apresentação com voz sumida:

– Esta é a minha noiva...

– Muito prazer – disseram ambas.

E começaram uma conversa meio disparatada por cima do seu cadáver.

– Você o conhece há muito tempo? – perguntou a noiva titular.

– Algum – respondeu a outra, tomando-o pelo braço: – Só que ainda não estamos propriamente noivos, como ele disse...

– Ah, não? Que interessante! Pois nós estamos, não é, meu bem?

E a noiva o tomou pelo outro braço:

– Você não havia me falado a respeito da sua amiguinha...

Atordoado, nem tendo o ônibus chegado ainda ao Mourisco, ele perdeu completamente a cabeça. Desvencilhou-se das duas e se precipitou para a porta, ordenando ao motorista:

– Pare! Pare que eu preciso descer!

Saltou pela traseira mesmo, sem pagar, os demais passageiros o olhavam, espantados, o trocador não teve tempo de protestar. Atirou-se num táxi que se deteve ante seus gestos frenéticos, foi direto à minha casa:

– Você tem que me ajudar a sair dessa.

AMIGO É PARA essas coisas, mas não me dou por bom conselheiro em tais questões. Mal consigo eu próprio sair das minhas: a emenda em geral é pior do que o soneto. Ainda assim, tão logo ele me contou o que havia acontecido, ocorreu-me dizer que, se saída houvesse, ele teria que abrir mão de uma – com as duas é que não poderia ficar. Qual delas preferia?

– A minha noiva, é lógico – afirmou ele, sem muita convicção: – É com ela que vou me casar.

E torcia as mãos, nervoso:

– Pretendia, né? Imagino o que a esta hora já não devem ter dito uma para a outra. O pior é que minha noiva é meio esquentada, para acabar no tapa não custa.

Respirou fundo, mudando de tom:

– Também, que diabo tinha ela de tomar exatamente aquele ônibus? E o que estava fazendo àquela hora no Flamengo? De onde é que ela vinha?

– Eu que sei? – e comecei a rir: – Me desculpe, meu velho, mas essa não pega.

Ele se deixou cair na poltrona.

– É isso mesmo. Não pega. Nenhuma pega. Estou liquidado. Não tem saída.

– Só vejo uma – e fiz uma pausa, para dar mais ênfase: – o golpe do comendador.

MARIDO EXEMPLAR, pai extremoso, avô dedicado, como se usava antigamente, o ilustre comendador era de uma respeitabilidade sem jaça. Vai um dia sua digníssima consorte, chegando inesperadamente em casa, dá com o ilustre na cama da empregada. Com a empregada.

Enquanto a esposa ultrajada se entregava a uma crise de nervos lá na sala, o comendador se recompunha no local do crime, vestindo meticulosamente a roupa, inclusive colete, paletó e gravata. Em seguida se dirigiu a ela nos seguintes termos:

– Reconheço que procedi como um crápula, um canalha, um miserável. Cedi aos instintos, conspurcando o próprio lar. Você tem o direito de renegar-me para sempre, e mesmo de me expor à execração pública. E provocar em consequência a desgraça de nosso casamento, a desonra de meu nome e o opróbrio de nossos filhos e netos. A menos que resolva me perdoar, e neste caso não se fala mais nisto. Perdoa ou não?

Aturdida com tão eloquente falatório, a mulher parou de chorar e ficou a olhá-lo, apalermada.

– Vamos, responda! – insistiu ele com firmeza: – Sim ou não?

– Sim – balbuciou ela, timidamente.

Ele cofiou os bigodes e, do alto de sua reassumida dignidade, declarou categórico:

– Pois então não se fala mais nisto.

TÃO LOGO OUVIU o caso do comendador, o noivo desastrado resolveu imitá-lo. De minha casa mesmo telefonou para a noiva, dizendo-lhe atropeladamente que ele era um crápula, um canalha – em resumo: o ser mais ordinário que jamais existiu na face da terra. Depois, sem lhe dar tempo de retrucar, despejou-lhe uma cachoeira de declarações amorosas, invocando o casamento marcado, a felicidade de ambos para sempre perdida, os filhos que não mais teriam...

Não faltaram nem reminiscências dos primeiros dias de namoro – tanto tempo já que se amavam, ela não tinha 13 anos quando se conheceram, as trancinhas que usava, lembra-se? Tudo isso ia por água abaixo – a menos que o perdoasse.

Desligou o telefone, vitorioso:

– Concordou em se encontrar comigo.

– Não se esqueça. O comendador.

– Já sei. Não se fala mais nisto.

E se foi, alvoroçado. Nem comigo se falou mais nisto, mas de alguma forma deu certo, pois acabou se casando, teve vários filhos e, segundo ouvi dizer, vive feliz até hoje.

Com a outra.

13
O gordo e o magro

Eu ia passando pela Rua do Ouvidor, quando alguém me chamou pelo nome:

– Não se lembra de mim?

Era um homem magro, de óculos, bigode fino, devia ter seus 30 anos.

– A fisionomia me é familiar, mas confesso que...

– Não, você não se lembra – e com um sorriso tirou-me da situação difícil, dizendo o seu nome. Chegou minha vez de sorrir:

– Bem, com esse nome conheço outro, mas não você.

– Sou eu mesmo – insistiu ele.

– Absolutamente. O que eu conheço não é magro feito você: aliás é gordíssimo, pesa mais de 100 quilos.

– Cento e dez, para ser exato. Mas pesava, não peso mais.

Olhei-o com estranheza e, de repente, tive de me reequilibrar nas pernas para não cair: era ele mesmo, eu reconhecia agora. O mesmo, apenas reduzido à metade, numa versão desidratada.

– Irmão dele? – arrisquei ainda: – Realmente, vocês se parecem...

– Irmão nada. Sou o próprio. Aliás, já estou acostumado com esses espantos. Fiz regime, emagreci 55 quilos em seis meses.

Na verdade, fazia algum tempo que não o via. Então fora mesmo reduzido à metade! Eu não podia acreditar.

– Que diabo de regime é esse? – e eu o examinava dos pés à cabeça como se fosse um raro fenômeno – e era – ali no centro da cidade, um elefante de súbito transformado em colibri. E de óculos – que agora me pareciam mesmo extremamente grandes para o seu rosto.

– Se fossem somente os óculos – admitiu ele: – Mas tudo ficou assim de repente, grande demais. Até o espaço ao meu redor.

E me explicou a natureza do tratamento a que se submetera. Um médico, se não me engano nutricionista (deu-me o nome e endereço, caso eu precisasse, mas, muito obrigado, eu não precisava), lhe impôs uma dieta especial, tudo pesado e medido rigorosamente. Ao fim de algum tempo era capaz de medir pelo olho qualquer alimento que ingerisse, com uma precisão miligramétrica. A par disso, exercícios especiais e um tratamento glandular.

– Pois sim, estou entendendo – balancei a cabeça, perplexo, e já achando o fenômeno irresistivelmente engraçado: – Mas onde é que você deixou a outra parte?

– Que outra parte?

– Sua outra metade. Meu Deus, não vá me dizer que você é o Incrível Homem que Encolheu.

Ele riu:

– Deixei por aí, nem sei dizer como. Foi tão rápido, um emagrecimento tão violento que nem me deu tempo de fazer mentalmente uma adaptação psicológica. Até hoje, quando acho graça em qualquer coisa, me surpreendo dando risadas de gordo, me sacudindo todo, inclinado para trás, e segurando com as mãos uma barriga que não tenho mais... Na praia, quando alguém me chama para um jogo qualquer, bater uma bola, por exemplo, meu primeiro impulso é sempre dizer que não posso, de repente me lembro que posso e saio correndo, pesadão, balançando as banhas e procurando equilibrar o corpo, mas não tem banha nenhuma e cada passo meu é um salto de cabrito, até pareço estar voando.

Contou-me que ao passar numa porta sua tendência é ainda a de se enfiar por ela como um paquiderme, e de ocupar nos elevadores, nas ruas movimentadas ou no ônibus o mesmo espaço que seu corpo volumoso antigamente exigia.

– Pois é isso, perdi com esses 55 quilos a noção de meus verdadeiros limites.

O que me espantava era sua pele ter-se encolhido normalmente, envolvendo um homem franzino como outro qualquer. A menos que ele a tivesse repuxado, concentrando as sobras num só desvão do corpo que trouxesse, por exemplo, escondido dentro das calças – e essa ideia me pareceu surrealista por demais para as três horas de uma tarde quente em plena Rua do Ouvidor:

– Alguma operação plástica?

– Não foi preciso: a pele é de uma elasticidade extraordinária – a não ser nas pessoas muito velhas. Assim como ela estica, ela encolhe, não sei se você sabe.

– Sei, sei...

– Mas a roupa é que não encolhe: tive de mandar fazer tudo de novo: ternos, camisas, cuecas, tudo.

– E você não tem saudades do gordo?

– Tenho – concordou ele, depois de pensar um instante: – Às vezes tenho. Até que era um sujeito simpático, tratado com mais consideração, os outros mantinham certa distância, a vida era mais macia...

– Mais pesada – arrisquei.

– Nem tanto: tudo é proporcional. Se um sujeito de 55 quilos montar hoje nas minhas costas eu não o carrego com a facilidade que carregava o outro, como você diz.

– Então por que você não torna a engordar?

– Nem que eu quisesse não poderia. O tratamento é fabuloso até nesse ponto: posso comer e beber o que quiser, que não engordo mais. Os outros, que não me conheciam antes, até ficam preocupados: você anda muito magro, precisa engordar um pouco...

E inclinando-se para trás, deu uma das tais risadas de gordo. Antes que eu me recuperasse de meu pasmo, despediu-se:

– Preciso ir andando. Não fique aí a me olhar como se eu fosse um fantasma!

Vi-o afastar-se, não como um fantasma, mas em passinhos lépidos, saltitantes, braços um pouco separados do corpo, como alguém que de um momento para outro fosse bater asas e desgarrar-se do chão.

ESSA HISTÓRIA de regime para emagrecer tem das suas surpresas. Tempos mais tarde narrei o encontro numa revista e comecei a receber carta de tudo quanto é gordo deste país, pedindo o nome do médico que emagreceu o outro. Já não me lembrava – e minha situação foi ficando penosa, pois, não tendo revelado o nome do cliente por natural discrição, não sabia se devia recomendar aos leitores que o interpelassem diretamente. Fiz, então, um apelo ao próprio pelos jornais: se por acaso me lesse e se a história de seu emagrecimento por mim narrada não chegara a melindrá-lo, que me mandasse o nome do tal médico emagrecedor, para que eu pudesse atender aos demais gordos desta praça. Quanto ao médico em questão, se porventura viesse a ficar a par dessas pragmáticas, como diz o outro, estivesse certo de que nada me ficaria a dever pela imensa e volumosa clientela que de uma hora para outra invadiria seu consultório.

E um dia ele me telefonou. Telefonou às gargalhadas – já de si suspeitas, pois eram dessas gargalhadas de que só são capazes os verdadeiramente gordos:

– Li o que você escreveu – me explicou, quase sem fala.

– Espero que você não tenha se aborrecido – respondi, cauteloso.

– Mas pelo contrário, não queira imaginar como me diverti.

– Pois veja você – e respirei, mais à vontade: – Agora os gordos estão querendo saber o nome do tal médico, você podia me dizer?

– É exatamente o meu caso – e ele não podia mais de tanto rir: – Também estou querendo conhecer esse médico.

– Não entendo: pois você não fez aquele tratamento...

– Fiz, mas queria que você me visse agora.

Certamente eu estava sendo vítima de uma brincadeira:

– Que aconteceu com você?

– Aconteceu que essa história de engordar ou emagrecer, meu velho, não tem tratamento, nem médico, nem coisa nenhuma: a questão é outra. Comer ou não comer, eis a questão! Fiquei magro, achei que podia comer de tudo, comecei a comer. Se você me visse hoje!

E encerrou suas palavras com mais uma gargalhada:

– Estou de novo com 110 quilos, tão gordo quanto era antes.

14
O caso do charuto

O caso do charuto pode ser assim resumido:

Um homem entrou no elevador do Chrysler Building, em Nova York, fumando um charuto. O termo fumar talvez não seja o mais condizente com a precisão dos fatos a que a veracidade do caso me obriga. Para ser exato, tenho de acrescentar que ele não fumava propriamente o charuto, pois acabara de comprá-lo, e, embora já aceso, segurava-o na mão. Mas como um charuto aceso na mão revela inequivocamente a intenção por parte do dono da mão de fumá-lo, digamos logo que ele fumava o charuto, já que de nossa parte a intenção é resumir.

Assim, o ascensorista o advertiu, depois de já ter dado a partida, de que era proibido fumar no elevador. O desconhecimento dessa proibição revelava no pretenso fumante mais do que uma natureza distraída ou rebelde: revelava uma completa ausência de espírito cívico, deixando de cumprir o seu dever para com a comunidade. A comunidade em questão era uma italiana do Bronx com chapéu de nobre plumagem, um panamenho recém-chegado e transviado que procurava sua Repartição Consular justamente onde ela não estava e um senhor gordo e baixinho que, consciente dos referidos deveres, se desvencilhara do cigarro antes de entrar no elevador. Este último era realmente um autêntico exemplar disso que se costuma chamar de *american citizen*, ou seja: um homem que não fuma nos elevadores, cinemas, lojas, teatros, *subways*, trens, estações, consultórios, museus, bibliotecas, ônibus, não já pelo medo de provocar incêndio, mas simplesmente porque é proibido. Grande virtude essa, se nos lembrarmos das vaias, assobios e baforadas de cigarro com que nos cinemas do Rio se costuma receber o aviso na tela, proibindo o cigarro, os assobios e as vaias.

Mas voltando ao caso do charuto: o dono dele, verdade seja dita, não tinha intenção nenhuma de contrariar a lei; apenas acabara de acender o charuto, esperando o elevador, quando se viu de repente ante o terrível dilema de perder um pelo outro, e acabou ficando com os dois. É verdade que não fumou no elevador, procurando segurar o charuto entre os dedos o mais discretamente que lhe foi possível. Mas, como já disse, um charuto na mão revela inequivocamente etc. etc., e assim sendo o ascensorista não teve conversa:

– É proibido fumar no elevador – advertiu pela segunda vez, com a autoridade que lhe dava sua nobre função de ascender os outros.

Bem, isso não era novidade – mas o que é que ele queria que o homem fizesse? Tais casos não são previstos pela administração do edifício, que não coloca cinzeiro nos seus elevadores. Atirar o charuto no chão e pisar, negando a raça através da fumaça como no samba de Noel Rosa, era impraticável: tratava-se de um chão de elevador, o que possivelmente queria dizer a infração de outra lei.

Não queria dizer nada disso: queria dizer que o homem ia perder o seu charuto. Daí ele tentar argumentar:

– Então o senhor devia ter me avisado antes de dar a partida. Agora, jogar no chão é que não posso.

Nemo de jure ignorare censetur etc. etc. O ascensorista parou o elevador entre os andares:

– O senhor faça o que quiser. Só digo que é proibido fumar.

O homem resolveu apelar para as sutilezas:

– Não estou fumando: fumar exige o concurso do charuto e da boca. Estou *segurando* um charuto, o que é muito diferente. A lei diz que é proibido segurar charuto no elevador?

E o ascensorista inflexível. Que o homem guardasse o charuto no bolso, engolisse o charuto, fizesse o que melhor lhe parecesse. Sem o quê, ele não subiria. Distraído pelos próprios argumentos, o homem, em vez de se desfazer do charuto, tirou dele uma baforada. Foi o bastante para generalizar-se a confusão. A senhora do Bronx resolveu intervir, alegando raivosamente que ela não tinha nada com aquela história e queria subir. O panamenho, como se estivesse no mundo da lua, perguntava em vão e em mau inglês em que andar era o Consulado do Panamá. O gordinho gritava que aquilo era um desaforo etc. etc. E o elevador parado. O dono do charuto levou-o novamente à boca, para ter as mãos livres e poder se explicar, provocando indignação geral. Então o gordinho, fora de si, estendeu o braço para com uma tapa derrubar o charuto, resolvendo assim a questão. Acontece, porém, que seu gesto foi mal calculado e o que ele deu foi um bofetão na cara do homem. O charuto saltou no ar largando brasa para cima do panamenho, que até então não entendia coisa nenhuma. Este rebateu-o para cima da senhora do Bronx, e o charuto foi aninhar-se entre as penas do gigantesco chapéu. É evidente que a estas alturas o homem já reagia contra o gordinho, que, além de receber de volta o bofetão, pisou no pé da senhora e recebeu uma certeira bolsada que lhe partiu os óculos. O chapéu começou a fumegar, e por causa disso a bolsa funcionou para cima do panamenho também. O ascensorista pedia calma, aos gritos, tentando apaziguar os ânimos e restabelecer a ordem etc. etc.

Foram todos parar na polícia, no mesmo dia. O ascensorista deu queixa contra o dono do charuto. O dono do charuto deu queixa contra o gordinho. O gordinho deu queixa contra a senhora, que lhe partira os óculos. E a senhora não teve jeito senão dar queixa contra o panamenho, que lhe queimara o chapéu etc. etc. No dia seguinte era o juiz:

— Bem — começou o ilustre magistrado, depois de indagar o nome e a profissão de um por um: — O senhor aí. Fumava um charuto no elevador, não é assim?

— Não, excelência: eu *conduzia* um charuto no elevador.

— *Conduzia* um charuto? Para onde?

— Para o oitavo andar.

E o panamenho:

— Eu não tenho nada com a história. Eu ia para o Consulado do Panamá.

— Se o senhor ia para o Consulado do Panamá, o que é que estava fazendo naquele edifício?

O homem do charuto não se conformava:

— Eu queria saber é se Churchill, quando veio aqui, foi obrigado a jogar fora o charuto para entrar no elevador.

Sujeito rebelde! De entrada o juiz o multou em 2 dólares. Depois foi a vez da mulher: receberia indenização pelo chapéu, mas teria, por sua vez, de indenizar o gordinho, pelos óculos quebrados. E o ascensorista? Ah, o ascensorista! Que se faça ouvir a voz da Justiça:

— Dois dólares por ter parado o elevador entre os andares, contribuindo para complicar a situação.

O homem do charuto, resignado, apontou ainda para o gordinho:

– Pago o chapéu da mulher, mas este homem tem ao menos de me pagar outro charuto.

Reparação por perdas e danos: o juiz considerou justa e concedeu deferimento. A mulher reclamava ainda que não havia dinheiro que pagasse o seu rico chapéu. O ascensorista reclamava contra possíveis represálias de seus patrões. O panamenho reclamava por não conhecer ainda os costumes de Nova York. Mas o juiz, tendo de passar ao julgamento seguinte, bem mais importante, de dois sujeitos que haviam dado falso alarma de incêndio só para fazer movimento e que esperavam pacientemente a sua vez, resolveu dar o caso por encerrado. Mandou o ascensorista para o elevador, a mulher para o inferno e o panamenho para o Consulado do Panamá. O que sem dúvida prova que nem sempre a justiça americana etc. etc.

15
Pois então fique sabendo

Começávamos em geral no bar, com vários chopes de permeio, e saíamos os dois a discutir literatura noite afora, pelas ruas de Belo Horizonte:

– Você citou errado aquele verso do Bandeira.

– Pois então me diga em que ano o Mário escreveu *Macunaíma*.

– Ninguém melhor que o Machado.

– Drummond é mais importante.

Cada um querendo mostrar maior conhecimento que o outro. Deixávamos para trás os autores brasileiros, avançávamos pela literatura estrangeira, meio às tontas na selva escura de nossa ignorância:

– Poeta é Dante, tudo mais é bobagem.

– Tem de ser lido no original, senão não adianta.

A predileção dele, ao que me lembre, se circunscrevia a três autores, que afirmava já haver lido no original – o que evidentemente representava para mim insuportável humilhação: Cervantes, Poe e Maupassant.

Até que, um dia, o desafiei pelo telefone, que usávamos para prolongar nossas tertúlias:

– Se você entende tanto assim de Cervantes, me diga então o nome de algum outro livro dele, além de *Dom Quixote*.

Eu parecia estar vendo o rosto de meu amigo se abrir num sorriso de triunfo do outro lado da linha, ao responder, alto e bom som:

– *Novelas Exemplares*.

– Foi seu livro de estreia?

– Não senhor: a primeira obra de Cervantes foi uma peça de teatro, tentando concorrer com Lope de Vega. Chega?

– Como se chama essa peça?

Apanhado de surpresa, ele negaceou: coisa sem importância, o nome de uma peça secundária na obra de Cervantes. Que aliás não tinha feito sucesso nenhum, aquilo era coisa que ninguém sabia...

– Ninguém não senhor – respondi, irônico. – Você pode não saber. Eu sei.

Enquanto ele falava, me ocorrera a cavilosa ideia de estender o braço e apanhar na estante o volume correspondente à letra C de uma enciclopédia literária. E pusme a folheá-lo apressadamente enquanto ele me desafiava do outro lado, até que eu tivesse diante dos olhos o verbete sobre Cervantes:

– Chama-se *Numância,* meu velho. Uma tragédia patriótica. Realmente não fez sucesso nenhum. Escrita em 1582, pra seu governo. E as *Novelas Exemplares* foram escritas em 1613, portanto 31 anos mais tarde. Por falar nisso, como se chamam essas novelas?

Ele parecia ter perdido a fala, completamente pasmo com a minha erudição.

– Alô! Está me ouvindo?

DAQUELE DIA em diante passei a arranjar as coisas de maneira a que nossas discussões, iniciadas no bar, se esquentassem na rua a caminho de casa e terminassem fervendo através do telefone. E tome conhecimento! Às vezes eu me embaralhava, pulando de um autor para outro, na dependência do volume que tinha nas mãos. Ele, de sua parte, costumava passar sem maior cerimônia de Cervantes a Edgar Poe e deste a Maupassant, fechando o pequeno círculo de seus autores de cabeceira, que conhecia de cabo a rabo. É possível mesmo que os tivesse também à mão e os consultasse, mas não como eu, que me valia de uma enciclopédia inteira. Fazia verdadeiros malabarismos, folheando volumes sobre os joelhos ou espalhados no chão ao meu redor. Embaraçava-me no fio do telefone para não perder o fio da conversa, até encontrar o verbete procurado:

– Nada disso, mon ami: Maupassant já tinha 30 anos quando publicou o primeiro livro. Exatamente o *Boule de Suif* que você diz ter sido o último.

Ele não tinha o que responder, e apenas respirava fundo, indignado com a minha petulância: como ousava eu saber tanta coisa sobre o seu autor predileto? Eu prosseguia, implacável:

– *Boule de Suif* foi publicado em 1880. O homem nasceu em 1850. Logo... É só fazer as contas, que em aritmética você é bom. Aliás, foi Flaubert quem o encorajou, fazendo com que tomasse parte nas *Soirées de Médan*. Se você não sabia, fique sabendo.

Informações assim eu deixava escapar enquanto lia, procurando apenas acrescentar-lhes um tom casual, embora sem saber precisamente o que significavam. E de quebra aduzia alguns comentários sobre Malraux, Montaigne, Maritain, e quanto maioral da letra M caísse sobre meus olhos. Com isso me arriscava a revelar a origem de meus enciclopédicos conhecimentos.

O que nunca chegou a acontecer. Até que um dia deixamos de lado as conversas literárias, a vida foi rolando, e, com o tempo, fomos sabendo cada vez menos sobre literatura e tudo mais.

16
Jimmy Jones

Até hoje, quando me lembro de Jimmy Jones sinto um aperto no coração. Desses remorsos que, se não chegam a doer como remorso, continuam a incomodar-nos a consciência para o resto da vida.

Encontrei-o pela primeira vez numa viagem de Miami para Nova York. Era um negro de meia-idade, com aquela lividez americana de músico de *jazz*. Em verdade, contou-me logo ter sido saxofonista da orquestra de Chick Webb – portanto, devia ser bom – mas abandonara o instrumento depois de uma operação e agora era garçom de trem. Marcamos encontro na Broadway, e ele me levou a percorrer vários antros de *jazz*. Onde quer que entrássemos, os músicos vinham abraçá-lo, saudosos – era muito conhecido e ainda gozava de prestígio entre os companheiros. Cheguei a dançar com sua mulher, que nos acompanhava – uma negrinha gorda e simpática, que procurava na maior distinção esconder o pasmo ante um branco sem qualquer preconceito racial. Depois daquela primeira noite, outros afazeres me distraíram, e perdi Jimmy Jones de vista.

Vejo-me então, tempos mais tarde, às onze horas de uma noite escura, procurando certa rua na escuridão maior do Harlem. Interessado numa reportagem sobre o problema do negro nos Estados Unidos, lembrara-me de Jimmy Jones e lhe havia telefonado. Alegremente surpreendido, ele me convidara logo para ir à sua casa – cujo endereço, por mim anotado, eu não conseguia agora localizar.

Era uma época em que recentes linchamentos tornavam perigosa a incursão de um branco no bairro negro de Nova York. Os ânimos ainda mais se exaltavam porque justamente naqueles dias seria disputado o campeonato mundial de boxe, cujo título pertencia a um pugilista negro. O policiamento fora redobrado e os jornais preveniam a todos que se abstivessem de qualquer provocação. Sozinho em meu carro, eu rodava a esmo pelo bairro negro, sem coragem de abordar as sombras esquivas que deslizavam pelos cantos. Busquei uma avenida mais movimentada e quando me dispus a interpelar um guarda, também negro, ele ordenou sumariamente que eu fosse andando, para não interromper o tráfego. Um casal, junto ao ponto de ônibus, não se dignou a dar-me a menor resposta. Um motorista no estacionamento de táxi, quando lhe mostrei o endereço, limitou-se a erguer os ombros e dizer que não sabia. Levantei os olhos para a placa na esquina, a menos de cinco metros: era justamente a rua que eu procurava.

Conferindo o número, dei com um prédio sinistro e de escadas de incêndio enferrujadas. Comecei a subir com cuidado a longa escada de madeira até o quarto andar. Não havia luz de espécie alguma. Ouvi passos de alguém e me encostei à parede. Um fósforo riscou o ar e pude ver um negro alto e magro, com um pequeno balde dependurado no braço.

– Boa noite – disse ele, de passagem.

– Boa noite – respondi timidamente, e concluí ser essa a ética do lugar: ir cumprimentando todo mundo que encontrasse.

Toquei a campainha da porta que buscava e, para meu alívio, o próprio Jimmy Jones veio abrir, fazendo-me entrar depois de um abraço efusivo.

Era uma sala acanhada, com móveis pobres e um velho piano ao canto – mas tudo indicava que eu viera surpreender os moradores num dia de festa: sobre a mesa alguns pratos de salgadinhos, várias garrafas de Coca-Cola e uma de rum. A dona da casa me saudou alegremente, me apresentou ao resto da família, uma escada de meia dúzia de negrinhos simpáticos e desengonçados. Dois ou três casais já presentes se ergueram com toda distinção para receber-me e tornaram a acomodar-se, passando discretamente a ignorar-me. Ainda bem eu não me havia ajeitado e tinha também de erguer-me com os outros ante a chegada de novo casal de negros. Logo em seguida chegou o que cruzara comigo na escada, trazendo o seu balde cheio de gelo. A conversa se generalizou, e vez por outra sobrava para mim uma pergunta de cortesia a que eu lutava por atender, tropeçando no inglês. A naturalidade me faltava e me sentia intruso, naquela reunião de amigos. A cada novo convidado que chegava, sentia ocultar-se na delicadeza do cumprimento uma pergunta de estranheza: o que é que está fazendo aqui esse branco? Não conseguia acompanhar o rumo do linguajar que trocavam e me via perdido quando procuravam envolver-me na conversa. A dona da casa sentou-se ao piano, e logo todos entoavam canções negras de motivo religioso, disciplinadas pela vocação musical num coro de grande beleza e de uma espontaneidade destoada pela minha presença. Enquanto os filhos sucediam à mulher, revezando-se ao piano, e esta se ocupava em servir bebida aos convidados, Jimmy Jones se desdobrava, procurando pôr-me à vontade: pediu-me que falasse no Brasil, na nossa música – e eu sentia ao redor um interesse delicadamente contido que me dificultava as palavras. Ergui-me, decidido a levar comigo o mal-estar que estava provocando:

– Olha, eu vou embora: volto outra noite...

O dono da casa me olhou, desapontado:

– Vai embora? Mas por quê? Não está gostando?

Todos se ergueram, educadíssimos, sem entender o que se passava. E no silêncio que se fez eu me saí com o que no momento me pareceu a mais razoável das desculpas:

– Como lhe disse, eu estava interessado em colher uns dados sobre o problema racial nos Estados Unidos... Mas hoje você está aí com seus amigos, não quero incomodar. Volto outra hora.

Despedi-me de um por um, e todos me estenderam a mão em silêncio.

– Você volta – pediu ainda Jimmy Jones, conduzindo-me até a escada e dando-me um último abraço de súbita humildade.

Só quando me vi em casa é que caí em mim e pude medir em toda extensão a grosseria que acabava de cometer. A festa era para mim!

Não tive coragem de voltar. Telefonei um dia, ele estava de viagem... E nunca mais em minha vida tornei a ver Jimmy Jones.

17
Festa de aniversário

Leonora chegou-se para mim, a carinha mais limpa deste mundo:

— Engoli uma tampa de Coca-Cola.

Levantei as mãos para o céu: mais esta agora! Era uma festa de aniversário, o aniversário dela própria, que completava 6 anos de idade. Convoquei imediatamente a família:

— Disse que engoliu uma tampa de Coca-Cola.

A mãe, os tios, os avós, todos a cercavam, nervosos e inquietos. Abre a boca, minha filha. Agora não adianta: já engoliu. Deve ter arranhado. Mas engoliu como? Quem é que engole uma tampa de cerveja? De cerveja, não: de Coca-Cola. Pode ter ficado na garganta — urgia que tomássemos uma providência, não ficássemos ali, feito idiotas. Peguei-a no colo: vem cá, minha filhinha, conta só para mim: você engoliu coisa nenhuma, não é isso mesmo?

— Engoli sim, papai — ela afirmava com decisão.

Consultei o tio, baixinho: o que é que você acha? Ele foi buscar uma tampa de garrafa, separou a cortiça do metal:

— O que é que você engoliu: isto... ou isto?

— Cuidado que ela engole outra — adverti.

— Isto — e ela apontou com firmeza a parte de metal.

Não tinha dúvida: pronto-socorro. Dispus-me a carregá-la, mas alguém sugeriu que era melhor que ela fosse andando: auxiliava a digestão.

No hospital, o médico limitou-se a apalpar-lhe a barriguinha, cético:

– Dói aqui, minha filha?

Quando falamos em radiografia, revelou-nos que o aparelho estava com defeito; só no pronto-socorro da cidade.

Batemos para o pronto-socorro da cidade. Outro médico nos atendeu com solicitude:

– Vamos já ver isto.

Tirada a chapa, ficamos aguardando ansiosos a revelação. Em pouco o médico regressava:

– Engoliu foi a garrafa.

– A garrafa? – exclamei. Mas era uma gracinha dele, cujo espírito passava muito ao largo da minha aflição: eu não estava para graças. Uma tampa de garrafa! Certamente precisaria operar – não haveria de sair por si mesma.

O médico pôs-se a rir de mim.

– Não engoliu coisa nenhuma. O senhor pode ir descansado.

– Engoli – afirmou a menininha.

Voltei-me para ela:

– Como é que você ainda insiste, minha filha?

– Que eu engoli, engoli.

– *Pensa* que engoliu – emendei.

– Isso acontece – sorriu o médico: – Até com gente grande. Aqui já teve um guarda que pensou ter engolido o apito.

– Pois eu engoli mesmo – comentou ela, intransigente.

– Você não pode ter engolido – arrematei, já impaciente: -- Quer saber mais do que o médico?

– Quero. Eu engoli, e depois desengoli – esclareceu ela.

Nada mais havendo a fazer, engoli em seco, despedi-me do médico e bati em retirada com toda a comitiva.

18
O pato sou eu

Quando parei o carro no último sinal antes do Túnel Rebouças, ele se aproximou:

– O senhor me dá uma carona até Cosme Velho?

Era um negro de meia-idade, cabelos grisalhos, macacão de zuarte, uma maleta de madeira na mão.

– Não vou para o Cosme Velho – esclareci. – Vou até São Cristóvão.

– Eu fico no meio do caminho – explicou ele. – Salto entre os dois túneis, sigo a pé pro Cosme Velho.

Crioulo grisalho é gente direita – não tinha ar de quem ia me assaltar.

– Então entra aí.

Ele deu a volta à frente do carro num passo firme, porte desempenado e distinto, veio sentar-se a meu lado. Tinha a fala mansa e meio sibilada, talvez por lhe faltar um dente da frente:

– Vim ver um carro aqui na Lagoa, agora vou ver outro no Cosme Velho.

– O senhor é mecânico?

Disse que se chamava Ismael e trabalhava na Automodelo.

– Na Automodelo? Ali na Lagoa? Pois este carro foi comprado lá.

E perguntei-lhe se o diretor ainda era o mesmo.

– Andou havendo umas mudanças lá – ele mostrou a falha do dente num sorriso: – O senhor sabe, o meu trabalho é muito lá embaixo pra ficar sabendo o que vai pelas alturas.

A sua modéstia me fez encará-lo ainda com mais simpatia:

– É bom saber, seu Ismael, que posso agora contar com alguém como o senhor para qualquer reparo no carro.

– Que anda precisando mesmo de um reparo. Está um pouco...

Com isso entramos no túnel, não deu para ouvi-lo:

– Que foi mesmo que o senhor disse?

Ele alçou a voz:

– Eu disse que este carro é muito bom, tá em bom estado, mas anda precisando de uma regulada. O motor tá meio preso, não tá rendendo tudo que pode, o senhor não sente pelo barulho? Passa lá qualquer hora que a gente vê isso.

Aproximávamo-nos da saída do primeiro túnel.

– Tem certeza de que eu posso parar ali?

Ele disse que podia, mas vacilou um pouco, acabou perguntando:

– O senhor disse que vai ao Campo de São Cristóvão?

– Vou um pouco além, a uma editora na Rua Argentina. Mas passo pelo Campo.

– Então, se o senhor não se incomoda, vou também até lá. Tenho um galho para quebrar no Detran, e no Campo tem um posto. Prefiro o da Lagoa, mas já que estamos aqui... É até bom pro senhor, porque posso aproveitar e dar logo uma regulada no seu carro, não me custa nada: é coisa rápida.

Realmente, reparando bem, eu sentia que o motor parecia meio preso, não devia estar rendendo tudo que podia. Até então o carro para mim vinha funcionando perfeitamente.

73

– O senhor tem ferramenta para isso? – perguntei.

– Tenho tudo aqui – e ele bateu na caixinha ao colo como um médico na sua maleta de instrumentos de emergência: – A gente sai sempre preparado para o que der e vier.

Pela primeira vez vislumbrei ao longe, como num sonho, a possibilidade de estar sendo conduzido como um cego para o abismo do engano, da tramoia, da trapaça, do engodo, da mutreta, do conto do vigário. E nos embrenhamos pelo segundo túnel. Não havia como resistir – fascinado, eu me deixava levar.

– O que é a experiência, hein, seu Ismael: o senhor, mal entrou no carro, sentiu pelo barulho que havia um defeito no motor.

– É isso aí – sibilou ele, com seu sorriso modesto. – Estou nisso há tantos anos, como não havia de sentir?

E acrescentou, em tom casual:

– O mesmo deve acontecer com o senhor. Como escritor, deve saber coisas que eu não posso nem imaginar.

Epa! Como é que ele sabia que eu era escritor? Foi o que lhe perguntei, agora francamente desconfiado.

– O senhor falou aí numa editora. Quem mexe com editora em geral é escritor.

Parecia lógico – mas não tinha dúvida de que ele era muito mais vivo do que se podia imaginar. Saímos do túnel, ganhamos o elevado. Ele agora seguia em silêncio, olhando sério para a frente. E eu imaginando o carro já regulado, desenvolvendo o dobro da potência, gastando a metade da gasolina... Como se adivinhasse meu pensamento, ele comentou:

– Assim no plano não se nota, mas na subida, o senhor repara só como ele rateia. Encosta ali naquela sombrinha que num instante dou jeito nisso.

Estávamos já no Campo de São Cristóvão. Parei o carro à sombra de uma árvore, numa das vagas do estacionamento em diagonal. Saltamos ambos, e vi como ele abria a tampa do motor com gestos seguros e competentes de verdadeiro cirurgião. Destampou o distribuidor, retirou de suas entranhas uma peça que me exibiu:

– Não falei? Olha só esse platinado: não está deixando passar a corrente. Tem de ser lixado.

Perdera o ar humilde: a própria maneira de falar ganhara um ritmo mais rápido e decidido de quem sabe que a vítima já não tem como escapar. Lixou a peça, recolocou-a no lugar:

– Agora ligue a chave e venha ver.

Depois de atendê-lo, vi que ele arrancava faíscas da peça com a chave de fenda.

– Joia. Mas ainda tem alguma coisa... Deve ser o indutor.

Desaparafusou com perícia uma peça cilíndrica. Sem me dar tempo sequer de pensar, substituiu-a por outra semelhante que retirou da mala, envolta em plástico, como se fosse nova:

– Ainda bem que ando prevenido. O senhor é de sorte.

Pediu que eu ligasse o motor.

– Venha ver que macieza está agora.

Para dizer a verdade, não notei grande diferença, mas devia estar mesmo mais macio.

– Quanto lhe devo, seu Ismael?

– Nada. O senhor paga só a peça, que é 4.800 cruzeiros.

Dei-lhe uma nota de 5 mil pela peça e mais mil pelo serviço. E me despedi com mil agradecimentos.

Na primeira subida que enfrentei, o carro por pouco não subiu: o motor começou a ratear.

– Indutor? Que diabo de peça é essa? – e o Moisés, meu amigo da oficina ali na Rua Teixeira de Melo, em Ipanema, não pôde deixar de rir, quando levei o carro lá. – Não existe peça com este nome. Deve ter sido o induzido.

– O induzido fui eu – suspirei, resignado.

– Isso é bobina, na certa. Agora vai ver que ele está lá, na entrada do túnel, com a sua bobina, para trocar pela do carro de outro otário. Me admira você, um homem experiente, viajado, cair como um patinho numa conversa dessas!

Pois caio. E torno a cair – um dia volto a esbarrar com ele e não vacilo em lhe dar carona de novo:

– Mas o senhor, hein, seu Ismael? Francamente!

O carro ficou uma droga depois que o senhor mexeu nele. Além do mais, indutor não existe.

– Como não existe? Não é possível, deve ser algum outro defeito. Encosta ali, por favor, deixa eu ver o que é que há.

Encosto, deixo que ele veja o que é que há, pago o que ele pede. Nestes tempos de violência em que vivemos, seu Ismael para mim representa o verdadeiro espírito de solidariedade, a encarnação do fraterno entendimento que devia prevalecer entre os homens. Pouco importa seja um vigarista – seria exigir muito que não fosse.

19
Um gato em Paris

"Gato, gato, gato: lento bicho sonolento, a decifrar ou a acordar?"

Segundo Otto Lara Resende – uma das pessoas que mais entende do assunto em todo o mundo – o gato não cabe inteiro na palavra gato. É o que ele afirma no seu conto "Gato Gato Gato", pequena obra-prima de nossa literatura moderna:

"Gatimonha, gatimanho. Falta um nome completo, felinoso e peludo, ronronante de astúcias adormecidas."

Pois se o gato não cabe no próprio nome, caberia, digamos, numa caixa de correio?

Eis uma pergunta que deixo para o leitor responder. Passemos aos gatos – digo, aos fatos:

Estávamos os dois, Otto e eu, certa noite em Paris, rolando pela rua feito pau de enchente. Pouco antes da esquina de Saint-Germain-des-Prés, ele se deteve para examinar a caixa de correio que existe ali, presa à grade que guarnece a igreja, nas proximidades da saída do metrô. É uma caixa dessas antigas, de ferro já meio enferrujado e, se bem me lembro, com uma aba móvel protegendo a pequena abertura por onde se enfiam as cartas. Eu não sabia o que, precisamente, despertara a atenção do meu amigo naquela simples caixa de correio, não fosse apenas a curiosidade flutuante de seus olhos sempre prontos a apreender tudo que se passa ao redor. Recostei-me na grade, alguns passos adiante, disposto a esperá-lo. A grade, um tanto frouxa nos suportes, mexeu-se, rangendo, e o ruído emitido era exatamente o de um miado. O que acendeu imediatamente o seu interesse gatofílico:

– Parece um gato – comentou de lá. – Faz de novo.

Balancei de leve a grade com o ombro e ela tornou a miar. Levantando a aba da caixa, Otto chegou o nariz na abertura e espichou os olhos, como se quisesse espiar lá dentro.

– De novo – pediu, sem se voltar.

– Miaaaaaaaaau... – fez a grade.

Era o apelo de um pobre bichano aprisionado na caixa, pungente como nem a imaginação de Edgar Poe seria capaz de conceber. Logo alguém que também ouvira se acercou, curioso, perguntando ao Otto o que se passava.

– Acho que tem um gato aí dentro – informou ele.

– Um gato? – espantou-se o outro: – Aí dentro?

No que a grade tornou a miar, o francês, estupefato, tratou de passar a informação adiante:

– Tem um gato dentro da caixa de correio!

Em pouco eram vários que se detinham junto à caixa, em torno ao Otto:

– Um gato?

– Aí dentro? Vivo?

– Como é que entrou?

– Mas isso é espantoso! Não posso acreditar.

Para enfrentar a descrença dos mais céticos, de vez em quando, lá do meu posto, eu balançava a grade e novo miado se fazia ouvir. Otto tornava a meter o nariz na abertura da caixa, como se tentasse olhar lá dentro. Um velho barbudo se adiantou:

– O senhor está afirmando que aí dentro dessa caixa de correio tem um gato de verdade, um gato vivo?

– Se estivesse morto não estaria miando.

– O senhor vai me perdoar, mas não acredito.

Como resposta, o gato voltou a miar dentro da caixa. O barbudo arregalou os olhos:

– Então precisamos abrir essa caixa! Libertar o pobrezinho!

A cada momento aumentava o número de curiosos. No seu francês impecável, Otto explicava aos basbaques em torno que gato é um bicho imprevisível, já tinha visto um que conseguira entrar dentro de uma garrafa de leite:

– Daquelas de boca larga. Um filhote, evidentemente.

Com a saída do metrô ali perto, em pouco era uma verdadeira multidão que se juntava para ver, ou, a bem dizer, para ouvir o gato dentro da caixa de correio, e se esparramando pela rua, e perturbando o tráfego. Eu continuava a cumprir o meu papel e o gato continuava miando, mas já temendo ser apanhado de um momento para outro – eu, não o gato. Vi com apreensão que um guarda abria caminho, perguntando que diabo era aquilo. Otto, esquivo como um gato, esgueirou-se entre os curiosos, tratando de se escafeder dali, enquanto outro que assumisse o seu lugar e explicasse ao guarda o que se passava.

Não há na França e, creio, em lugar algum do mundo (a não ser, talvez, no Irã) lei que proíba a curiosidade popular em torno de um gato dentro de uma caixa de correio. Mas ainda assim o guarda, depois de ouvir o que vários confusamente lhe diziam, e de encostar o ouvido na abertura da caixa sem que escutasse lá dentro qualquer ruído, mandou que os curiosos se dispersassem:

– Vamos, que bobagem é essa de gato? Querem me fazer de idiota? Qual o maluco que inventou isso? Vamos andando, saiam daí, vamos...

O maluco que inventara aquilo juntou-se a mim e, antes de nos afastarmos, fiz a grade dar ainda um miado final. Sobressaltado, o guarda precipitou-se até a caixa de correio, tentou sacudi-la com as mãos e depois, como fizera o Otto, experimentou olhar pela pequena fresta. É possível que, cumprindo seu dever, tenha ido aos Correios providenciar a abertura da caixa para soltar o bichinho. Mas já havíamos ido miar noutra freguesia, não chegamos a ficar sabendo.

20
As alpercatas

Eram alpercatas de cangaceiro, o que eu procurava, no mercado do Recife: sabia de sua existência e imaginava que seriam ideais para o alívio dos pés durante o verão carioca. Depois de muito virar e mexer, descobri uma venda com sapatos de toda espécie dependurados em barbantes, e entre eles as tais alpercatas. Não me pareciam, todavia, das legítimas.

– De cangaceiro?

– De cangaceiro.

Indaguei de Josué, que me acompanhava na procura, o que é que ele achava: embora fossem trabalhadas em couro cru, conforme a tradição, levavam uma horrenda sola de pneu de automóvel, o que as fazia muito pouco apresentáveis aos meus olhos.

– Você teria coragem de usar um troço desses?

– Isso não tem importância – protestou ele: – Lá no Sul a gente manda transformar em sandália, com sola de couro, qualquer sapateiro é capaz de fazer. E se esse negócio é mesmo de cangaceiro, então deve ser confortável: foi feito para aguentar muita caminhada em terra seca, pela caatinga.

Não sei como não associamos desde logo a palavra, que se referia às terras do Nordeste, ao cheiro de couro cru que as tais alpercatas tresandavam. E como dois turistas incautos, cada um comprou as suas, depois de experimentá-las e se dar por satisfeitos. Trouxe então a minha para o asfalto carioca, Josué levou a dele para os pagos do Rio Grande.

Minha experiência foi desastrosa, se bem que sumária. Tão logo cheguei, calcei as alparcas de belzebu com a displicência de quem usasse uma sandália qualquer, mas meu filho, tão logo me viu, começou a rir, apontando:

– Olha só que coisa mais esquisita papai está carregando no pé!

Censurei-o, aborrecido: que bobagem é essa, menino? Nunca viu uma sandália de cangaceiro? Os outros, curiosos, se juntaram logo, a comentar:

– É um pedaço de pneu, olha aí.

– Parece de mulher.

– Tem cheiro de bacalhau.

Indiferente à incompreensão dos espíritos ainda malformados, saí por aí, firme nos cascos: esqueceria as alpercatas, tão logo se integrassem, com o uso, na minha indumentária de verão. Mas elas rinchavam mais do que porta de casa mal-assombrada e eu andava com dificuldade, em passos pesados de escafandrista. Em pouco nascia uma bolha-d'água no dedo mínimo de cada pé. A mulher de um amigo apontou horrorizada, tapando o nariz:

– Você pisou em alguma coisa.

Tive de render-me à evidência: o diabo da alpercata até que não era feia: toda fechada, com um pouco de boa vontade podia ser tomada como um original *mocazzin* italiano. Mas era dura como um tamanco holandês e positivamente um cangaceiro devia ter cascos de bode para suportá-la nos pés. Voltei para casa assobiando "Muié Rendera" e palmilhando o asfalto como um camelo velho. Desde então nem quis mais ouvir falar em alpercatas de cangaceiro.

E o cheiro? Referências a essa peculiaridade das sandálias de couro cru, deixo-as fazer meu amigo Josué, que agora me escreve lá do Sul:

"Meu filho, ando doente por te contar a triste história do par de sapatos de cangaceiro que tivemos a ideia de comprar lá no porto do Quem Me Queira. (Devia chamar-se Quem Me Cheira.) Quando abri a mala, a impressão geral era de que eu havia trazido um cadáver do Recife, talvez de uma criancinha, filha de retirante. No mesmo dia os urubus começaram a sua ronda sinistra sobre o telhado da minha casa. Arranjei uma caixa de sapato e trancafiei lá dentro os borzeguins de Lampião. Inútil: o cheiro se infiltrava, se coava, se expandia. Minha filha levou a caixa para o banheiro da empregada. Perdi a empregada. Depois a caixa foi guardada na churrasqueira do pátio e ainda hoje se encontra lá, como um objeto intocável, lembrando às vezes haja alguém esquecido, na última churrascada, algum naco de carne entre o carvão. Mas isto não foi tudo. Acontece que um dia – domingo – resolvi dar uma volta com eles, na tola esperança de causar sucesso entre os indígenas. Já no carro foi preciso abrir todos os vidros e respiradouros. Quando cheguei na casa de um amigo, tive o dissabor de ver que todos se entreolhavam e buscavam sob os móveis o causador daquele estranho fenômeno. O gato e o cachorro passaram a ser olhados com desconfiança. Será que teus borzeguins têm passado despercebidos? Estou disposto a mandar-te de presente os meus. Não haverá por aí algum amigo comum que queira um par de alpercatas que lembra a própria história do cangaço? Faço qualquer negócio, mas urgente, imediato..."

Passo adiante, pois, a proposta, tornando-a mais sedutora para encarecer-lhe a urgência: não um, mas dois pares. Pois eu também faço qualquer negócio.

21
Neve pela primeira vez

E já que ele nunca tinha visto neve, resolvemos voltar por Nova York, onde devia estar nevando. Havíamos dado por terminada a filmagem que nos levara ao México, estávamos a meio caminho, a distância era curta.

Mas não tão curta que não desse, durante o voo, para consumirmos várias garrafinhas de uísque. O que quer dizer que desembarcamos com aquela sensação de quem continua a voar. Passamos em brancas nuvens pelas formalidades do Aeroporto Kennedy, e só quando nos vimos no táxi, rolando pela noite cheia de luzes das autoestradas de Long Island, é que tomei consciência da nossa euforia. Eu iria rever Nova York, onde deixei dois anos de minha mocidade. Ele iria ver neve pela primeira vez.

É uma cidade cujo fascínio me persegue, desde que dela me despedi, como se fosse para sempre. Um adeus que se renovou duas vezes, ao longo de tantos anos – uma vida inteira. Na primeira, fiquei apenas dois dias, não deu para ver quase nada. Na segunda, tive medo de dobrar uma esquina e encontrar o jovem que ali morou um dia – ambos fugiríamos espavoridos. Agora, estava disposto a procurá-lo, para que meu companheiro pudesse com ele ver neve pela primeira vez.

PASSAVA DE MEIA-NOITE, quando chegamos ao hotel, na Rua 55. Ainda assim resolvemos sair. Estava muito frio, mas nada de neve. Atiramo-nos num táxi, sem saber direito aonde ir. Me lembrei de P. J. Clark, o bar-restaurante da Terceira Avenida. A Terceira Avenida no meu tempo era aquela do trem elevado, sob o qual perambulavam os rejeitados desta vida, e que Ray Milland percorria bêbado como um farrapo humano no célebre filme, tentando penhorar a sua máquina de escrever. Quando lá voltei, anos mais tarde, o bar tinha se transformado num lugar da moda, frequentado por celebridades. Ainda existiria?

Meio desconfiados, abrimos caminho naquele mundo de gente ao longo do bar e fomos nos refugiar no restaurante aos fundos. Sim, ainda existia, e estava na moda – pois aquele sujeito baixinho que acabava de entrar, em companhia de uma velha, não era outro senão Truman Capote. No que ele se sentou, fui até sua mesa e lhe pedi descaradamente um autógrafo. Ele me atendeu com a mais etílica das indiferenças, devia estar pior do que eu.

E agora? Nossa euforia era tanta que, depois de jantarmos, fomos a pé até o hotel. Fazia um frio desgraçado. E nada de neve.

O CÉU AZUL, o sol sobre os edifícios de Manhattan. Mas no que pusemos o nariz na rua, o vento nos fez em pedaços. Sobretudo, luvas, cachecol – nem assim haveria cristão que aguentasse. Vinte graus abaixo de zero! Comprei num camelô da Sexta Avenida uma touca de lã e enterrei-a até os olhos.

– Vamos embora desta terra maldita. Vamos para Ipanema.

O frio um pouco mais tolerável, seguimos até a Rua 47. O Century Hotel não existe mais – em seu lugar, um moderno edifício de aço e vidro. Mas a *trattoria* italiana em frente ainda está lá. De vez em quando uma multidão de mulheres se juntava à sua porta, espalhava-se pela rua, impedindo o tráfego, que era aquilo? Jayme Ovalle e eu, fregueses habituais, podíamos entrar, mas a porta se fechava aos curiosos.

– Que está acontecendo? – Ovalle perguntou um dia.

– Aquela mesa ali – o garçom informou, reverente, apontando um jovem meio escaveirado e de olhos azuis, numa roda de amigos: – Então o senhor não sabe? Ele almoça aqui quase todo dia.

– Quem é?

O garçom arregalou os olhos:

– O senhor não conhece? O cantor mais famoso do mundo!

– Bing Crosby?

O garçom achou tanta graça que foi contar ao próprio Frank Sinatra.

Idos de 46, lembranças de um tempo morto.

– De que você está rindo? – perguntou meu amigo, impaciente: – Vamos andando, que não dá para aguentar.

O vento de novo, insuportável. As bordas do lago em frente a esse edifício, que não é do meu tempo, têm estalagmites de gelo. Mas neve mesmo, nada.

O DIA DA PARTIDA se aproximando e eu no quarto do hotel a conferir pelo rádio e pela televisão tudo quanto é boletim meteorológico. Lá fora o céu cada vez mais azul.

– Você terá sua neve, deixa comigo.

No último inverno que eu passara em Nova York, houve uma noite em que deixei de recolher o carro à garagem, porque olhei para o céu e achei que o tempo estava firme:

– Hoje não vai nevar – concluí.

Naquela noite de 1947 caiu sobre a cidade a maior nevada registrada nos Estados Unidos desde 1888. Um metro e dez centímetros de neve! Durante vários dias meu carro, um conversível, ficou soterrado sob uma montanha de neve, que logo se converteu em gelo, podia-se andar por cima dele.

E agora, já na véspera de partir, a situação se invertia: o céu cada vez mais limpo e eu a afirmar, peremptório:

– Prometo a você que ainda hoje vai nevar.

Ao cair da noite, ele deu por não cumprida a promessa, fazendo pouco das forças ocultas que, em desespero de causa, eu começava a conjurar.

– Espera lá, que o dia termina à meia-noite.

Às onze e meia olhei à janela e achei o céu meio avermelhado. Às onze e quarenta, notei alguma coisa estranha nos postes de iluminação, como se pequeninas mariposas voejassem em torno dos focos de luz. E antes da meia-noite estava nevando.

Liguei para o quarto dele:

– Olha só aí fora a sua neve.

A princípio ele achou que fosse mesmo mariposa, mas logo o asfalto começou a ficar branco.

Mal pudemos esperar a manhã para sair pela rua, escorregando nas poças de neve pisada que os carros já convertiam em lama, e disparar até o Central Park, já gloriosamente coberto de um branco imaculado. Andamos, corremos, atiramos neve um no outro, brincamos durante horas, como dois meninos. Finalmente eu reencontrava o jovem que um dia também viu neve pela primeira vez.

22
Uma lagartixa

Ao acender a luz, dei com ela no teto do quarto. Eu morava sozinho e chegava em casa geralmente às duas, três da manhã, para enfrentar a solidão que, por mais amarga fosse, não queria dividi-la na cama com uma lagartixa.

E era exatamente o que acabaria acontecendo, pouco importa esteja estabelecido que tal jamais acontece: consta que elas têm nas patas uma espécie de ventosa que as impede de cair, mesmo quando ficam assim, de cabeça para baixo. Pois para mim o bichinho podia muito bem acabar despregando do teto e caindo em cima da cama. No momento, ela se achava justamente na parte do teto perpendicular ao travesseiro.

Ora, devido a uma rinite alérgica que me persegue há anos, volta e meia estou de nariz entupido, o que em geral me força a dormir de boca aberta. E eu sentia minha pele se arrepiar só de imaginar uma situação na qual, por uma dessas absurdas coincidências que só acontecem nas comédias do Gordo e o Magro, ela caísse diretamente na minha boca.

MEU PRIMEIRO impulso foi de dar meia-volta, apagar a luz, sair de casa e ir dormir num hotel. Logo me ocorreu que teria de fazer das tripas coração e enfrentá-la de qualquer maneira, pois, se fugisse, não saberia jamais se ela acabara indo embora ou passara a viver definitivamente no meu quarto, para me fazer companhia. A verdade é que se eu saísse, seja homem! não poderia voltar ali nunca mais.

Ela permanecia imóvel, e tive a impressão de que também tomara consciência da minha presença. Cheguei a achar, mesmo, que me olhava lá de cima com o rabo dos olhos — se é que se pode usar esta expressão em relação ao olhar de uma lagartixa.

Foi quando, por artes do demônio, a luz se apagou.

UMA DAS FATALIDADES que me perseguem é a peculiaridade que têm as lâmpadas e aparelhos elétricos em geral de proceder segundo misteriosos desígnios, ligando e desligando por si mesmos, sem nenhuma interferência de minha parte.

Alguns nem sempre obedecem ao comando dos comutadores, senão o de um tapa ou um simples sacolejo adequadamente aplicados. Assim era a luz do meu quarto, que se acendia e se apagava por conta própria. Muitas vezes eu dormia de luz apagada e acordava com ela acesa, ou vice-versa – o que me dava a inquietante impressão de ter alguém vivendo comigo naquele quarto.

Mas não uma lagartixa. Tornei a acender a luz, que desta vez obedeceu ao comutador, e verifiquei, apreensivo, que a bichinha havia desaparecido.

O que, em vez de resolver o problema, complicava-o ainda mais: onde haveria se metido? Não tivera tempo de sair pela janela, como seria ideal que acontecesse, muito menos pela porta, cujo desvão eu ocupava. De preferência talvez houvesse descido pela parede, ocultando-se atrás da gravura do Calasans, ou do desenho do Bruno Giorgi, quem sabe atrás do armário, do outro lado?

De súbito senti meu corpo gelar: ali estava ela, a pouco mais de meio metro da minha cabeça e a menos de um palmo do comutador de luz que minha mão havia tocado segundos antes. Tivesse eu no escuro roçado com a ponta dos dedos naquela matéria úmida e fria, mas latejante de vida, certamente daria um berro capaz de acordar o quarteirão inteiro.

Desta vez ela me olhava, um olhar a um tempo amigo e cauteloso, cabecinha levantada, com ar encabulado de alguém apanhado em flagrante. Certamente fora surpreendida quando pretendia valer-se da escuridão para deslizar parede abaixo, ganhar o chão e se esconder em algum lugar, meu Deus, até mesmo na minha cama.

E ALI FICAMOS os dois, a nos olharmos, como que fascinados um com o outro, sem fazer o menor movimento. Numa espécie de alucinação nascida da repugnância, por um instante a vi sob uma perspectiva deformada, que a colocava não ali no meu nariz mas à distância, e era enorme como um réptil antediluviano. Logo a realidade se refez e me enchi de coragem, respirando fundo: era agora ou nunca. Tivesse eu ao alcance da mão algum objeto contundente, um pedaço de pau, uma vassoura, e acabaria com ela num só golpe. Mas se fosse buscar uma vassoura na cozinha, ao voltar ela já estaria em lugar incerto e não sabido.

Então me ocorreu descalçar o sapato, e o fiz sorrateiramente, para que ela não percebesse, embora não tirasse os olhos de mim; empunhei-o firmemente e desferi com o salto uma violenta pancada na parede.

Apenas na parede – porque ela, num prodígio de agilidade, havia escapado ao golpe mortal, deixando-se cair ao chão e fugindo para debaixo da cama.

O INSTINTO DE LUTA se acendeu em mim. O corpo tenso, os dentes cerrados, eu me transformara num animal feroz, pronto a estabelecer o seu predomínio, impor a lei do mais forte, como numa disputa pela sobrevivência entre as duas espécies – ou ela, ou eu. A expectativa do combate de vida ou morte prestes a ser travado me levava ao auge da excitação, transformando-me num monstro de bravura: eu matava, eu esmigalhava, eu reduzia a nada aquela miserável intrusa.

Tomei cuidadosamente a lâmpada de cabeceira e coloquei-a no chão. Depois me abaixei para olhar debaixo da cama. Quando acendi a lâmpada, ela foi apanhada em cheio no foco de luz, encolhida junto ao rodapé, imóvel, os olhinhos brilhando, à espera. Ergui-me de supetão, puxei com força a cama para o meio do quarto, de um salto estava do outro lado, onde ela se refugiara. É agora! Saí desferindo com o sapato furiosos golpes contra o chão, e ela se deslocava desesperadamente de um lado para outro, requebrando-se numa dança frenética. O desesperado agora era eu, dando sapatadas a esmo sem conseguir alcançá-la. Houve um momento em que ela, desatinada, agitando o rabo, acabou vindo em minha direção, embaraçou-se no meu pé sem sapato como se pretendesse subir pela perna acima... Minha aflição chegou ao máximo, e eu simplesmente a esmigalhei com o calcanhar. Depois foi a náusea ao remover a meia empapada naquela massa viscosa e repelente... E então eu vi.

Vi a cauda, separada do corpo, sair se mexendo pelo chão do quarto, fremente de vida. E tive a sensação, pungente como um remorso, de ter cometido um crime.

23
O dia da caça

A caçada estava marcada para as sete horas. Desde as seis, porém, Paulo e eu já estávamos de pé, aguardando a chegada de Seu Chico Caçador.

— Seu Chico vai trazer as espingardas?

— Vai. E cachorro também.

— Cachorro? Para que cachorro?

Olhei com pena meu companheiro de aventura:

— Onde você já viu caçada sem cachorro, rapaz?

— Ele disse que hoje vai ser só passarinho.

— Passarinho para ele é codorna, macuco, essas coisas...

Em pouco chegava Seu Chico, todo animado:

— Tudo pronto, meninos?

De pronto só tínhamos o corpo. Seu Chico trazia atravessadas às costas duas espingardas de caça e usava um gibão de couro, uma cartucheira, vinha todo fantasiado de caçador. Ao seu redor saracoteava um cachorro:

– O melhor perdigueiro destas redondezas.

Na varanda da fazenda, Seu Chico se pôs a encher os cartuchos, meticulosamente, usando para isso uns aparelhinhos que trouxera, um saquinho de pólvora, outro de chumbo:

– Vai haver codorna no almoço para a família toda – dizia, entusiasmado.

Despedimo-nos comovidos da família e partimos através do pasto. Seu Chico, compenetrado, ia dando instruções, procurando impressionar:

– Parou, esticou o corpo, endureceu o rabo? Tá amarrado. É só esperar o bichinho voar e tacar fogo!

– Seu Chico, nós não vamos passar perto daquele touro, vamos?

– Aquele touro é uma vaca.

A vaca levantou a cabeça e ficou a olhar-nos, na expectativa.

– Por via das dúvidas, me dá aí essa espingarda.

Fomos passando com jeito perto da vaca.

– Bom dia – disse eu.

– Buu – respondeu ela.

Ao sopé do morro o cachorro se imobilizou.

– É agora! Me dá aqui a espingarda!

– Fiquem quietos – comandou Seu Chico, num sussurro.

– Que foi, Seu Chico? Não estou vendo nada...

Alguma coisa deslizou como um rato por entre o capim rasteiro, levantou voo espadanando as asas.

– Fogo! Fogo!

Paulo atirou na codorna, eu atirei em Seu Chico.

– Cuidado!

– Que bicho é esse?

Seu Chico suspirou, resignado:

– *Era* uma codorna. Não tem importância... Olha, quando atirar outra vez, vira o cano pro ar. O chumbo passou tinindo no meu ouvido.

No ar ficaram apenas duas fumacinhas. Fomos andando, Seu Chico carregou novamente nossas espingardas. Assim que o cachorro se imobilizava, ficávamos quietos, farejando ao redor, canos para o ar.

– Vira isso pra lá!

– Agora! Fogo!

Mal tínhamos tempo de ver uma coisa escura desaparecer no céu, como um disco voador.

– Assim também não vai, Seu Chico. Não dá tempo...

– Me dá aqui essa espingarda. Deixa eu matar a primeira para mostrar como é que é.

Andamos o dia todo pelo pasto. Nada de caça.

– Nem ao menos uma codorninha – suspirava Seu Chico, quando o sol começou a dobrar o céu. – Tem dia que eu mato mais de quinze macucos.

Andando, subindo morro, saltando cerca, atravessando valas, pisando em barro, escorregando no capim. O estômago começou a doer.

– Seu Chico, o melhor é a gente desistir. Estamos com fome.

– Hoje no jantar vocês comem perdiz. Ou eu desisto de ser caçador.

Sua honra estava em jogo. A tarde avançava e seu Chico perscrutando o pasto, açulando o cachorro. Paulo, sentado num toco – desistira de andar: tirara o sapato e coçava o dedão do pé. Resolvi também fazer uma parada para caçar carrapatos. Seu Chico desapareceu numa dobra do terreno.

De repente, pum! pum! – era o caçador solitário. Teria acertado desta vez? A vaca de novo. Vinha vindo pachorrentamente pela picada aberta por ela própria.

– Cuidado, Paulo! – preveni. – Olha a vaca.

Paulo se voltou para a vaca, que já ia passando ao largo:

– Buuu! – fez com desprezo.

A vaca se deteve, voltou-se nos flancos e de súbito disparou num pesado galope em sua direção. Paulo deu um salto, abriu a correr, passou por mim como um raio:

– Foge! Foge!

Atrás de nós a terra estremecia e a vaca bufava, escarvando o chão com as patas.

– Seu Chico! Socorro!

Em poucos minutos e aos saltos, escorregadelas, trambolhões, cruzamos o terreno que leváramos toda a manhã a conquistar. Já na porteira da fazenda, nos voltamos para ver a vaca, que ficara para trás, entretida com uma touceira de capim.

– Devo ter falado algum palavrão em língua de vaca.

Em pouco regressava Seu Chico, cabisbaixo, desmoralizado, quase chorando:

– Errei até em anu.

Procuramos consolá-lo:

– Um dia é da caça e outro do caçador, Seu Chico.

Deixou conosco as espingardas e foi-se pelo pasto mesmo, evitando a fazenda e o opróbrio aos olhos dos moradores. Paulo e eu nos coçávamos, sentados no travão da cerca, quando ambos demos um grito:

– Epa! Que é aquilo?

– Você viu?

Uma caça, uma caça enorme! Um gigantesco galináceo que ao longe ganhava o morro em disparada, sumindo ali, surgindo lá – uma cegonha?

– Cegonha nada! Uma avestruz!

Saímos como loucos em perseguição da avestruz. Nas fraldas do morro disparamos o primeiro tiro.

– Socorro! – berrou a avestruz.

Deu um salto e abriu fuga com suas pernocas longas, morro acima. Ah, se Seu Chico nos visse agora!

– Pum!

– Socorro!

E a ave pernalta fugia espavorida, escondendo-se na vegetação. Íamos no seu encalço, implacáveis.

– Pum! – trovejava a espingarda.

– Não! Não! – implorava a avestruz na sua fuga, largando penas pelo caminho.

A noite veio surpreender-nos do outro lado do morro, já às portas da cidade. Voltamos para a fazenda estropiados, roupas rasgadas, sapatos pesados de barro. Fomos recebidos com alegre expectativa:

– E então? Caçaram alguma coisa?

– Com Seu Chico, nem um passarinho. Mas depois que ele foi embora quase apanhamos uma caça esplêndida, uma avestruz deste tamanho...

O dono da fazenda pôs as mãos na cabeça:

– Minha seriema, que eu mandei vir da Argentina! Imagine o susto da coitadinha!

Embarafustamo-nos pela cozinha, completamente derrotados.

– Que vamos ter hoje no jantar? – perguntei à cozinheira.

– Galinha ao molho pardo.

– Já matou?

– Não.

Empunhei a espingarda com decisão e voltei-me para o galinheiro, mas Paulo cortou-me os passos:

– Não faça isso! O crime não compensa.

E propôs que na manhã seguinte saíssemos para caçar borboletas.

24
Reunião de mães

Na reunião de pais só havia mães. Eu me sentiria constrangido em meio a tanta mulher, por mais simpáticas me parecessem, e acabaria nem entrando – se não pudesse logo distinguir, espalhadas no auditório, duas ou três presenças masculinas que partilhariam de meu ressabiado zelo paterno.

Sentei-me numa das últimas filas, para não causar espécie à seleta assembleia de progenitoras. Uma delas fazia tricô, e várias conversavam, já confraternizadas de outras reuniões. O padre-diretor tomou assento à mesa, cercado de professoras, e deu início à sessão.

Eu viera buscar Pedro Domingos para levá-lo ao médico, mas desta vez cabia-me também participar antes da reunião. Afinal de contas andava mesmo precisando verificar pessoalmente a quantas o menino andava.

O padre-diretor fazia considerações gerais sobre o uniforme de gala a ser adotado. – A gravatinha é azul? – perguntou uma das mães. – Meia três-quartos? – perguntou outra. – E o emblema no bolsinho? – perguntou uma terceira. Outra ainda, à minha frente, quis saber se tinha pesponto – mas sua pergunta não chegou a ser ouvida.

Invejei-lhes a desenvoltura. Tive vontade de perguntar também alguma coisa, para tornar mais efetivo meu interesse de pai – mas temi aquelas mães todas voltando a cabeça, curiosas e surpreendidas, ante uma destoante voz de homem, meio gaguejante talvez de insegurança. Poderia também não ser ouvido – e se isso me acontecesse eu sumiria na cadeira. Além do mais, não me ocorria nada de mais prático para perguntar senão o que vinha a ser pesponto.

Acabei concluindo que tanta perguntação quebrava um pouco a solene compostura que devíamos manter, como responsáveis pelo destino de nossos filhos. E dispensei-me de intervir, passando a ouvir a explanação do padre-diretor:

– Chegamos agora ao ponto que interessa: o quinto ano. Depois de cuidadosa seleção, foi dividido em três turmas – a turma 14, dos mais adiantados; a turma 13, dos regulares; e a turma 12, dos atrasados, relapsos, irrequietos, indisciplinados. Os da 13 já não são lá essas coisas, mas os da 12 posso assegurar que dificilmente irão para a frente, não querem nada com o estudo.

Fiquei atento: em qual delas estaria o menino? Pensei que o diretor ia ler a lista de cada turma – o meu certamente na 14. Não leu, talvez por consideração para com as mães que tinham filhos na 12. Várias, que já sabiam disso, puseram-se a falar ao mesmo tempo: não era culpa deles; levavam muito dever para casa, não se habituavam com o semi-internato. Uma – a do tricô, se não me engano – chegou mesmo a se queixar do ensino dirigido, que a seu ver não estava dando resultado. Outra disse que tinha três filhos, faziam provas no mesmo dia, como prepará-los de uma só vez? O padre-diretor sacudiu a cabeça, sorrindo com simpatia – não posso nem ao menos lastimar que a senhora tenha tanto filho. E voltou a falar nos relapsos, um caso muito sério. Não vai esse padre dizer que meu filho está entre eles, pensei. Irrequieto, indisciplinado. Ah, mas ele havia de ver comigo: entre os piores!

E por que não? Quietinho, muito bem-mandado, filhinho do papai, maria vai com as outras ele não era mesmo não. Desafiei o auditório, acendendo um cigarro: ninguém tinha nada com isso. Criança ainda, na idade mesmo de brincar e não levar as coisas tão a sério. O curioso é que não me parecesse assim tão vadio – jogava futebol na rua, assistia à televisão, brincava de bandido, mas na hora de estudar o rapazinho estudava, então eu não via? Quem sabe se procurasse ajudá-lo, dar uma mãozinha... Mas essas coisas que ele andava estudando eu já não sabia de cor, tinha de aprender tudo de novo. Outro dia, por exemplo, me embatucou perguntando se eu sabia como se chamam os que nascem na Nova Guiné. Ninguém sabe isso, meu filho, respondi gravemente. Ah, não sabe? Pois ele sabia: guinéu! Não acreditei, fui olhar no dicionário para ver se era mesmo. Era. Talvez estivesse na turma 13, bem que sabia lá uma coisa ou outra, o danadinho.

Agora o diretor falava na comida que serviam ao almoço. Da melhor qualidade, mas havia um problema – os meninos se recusavam a comer verdura, ele fazia questão que comessem, para manter dieta adequada. No entanto, algumas mães não colaboravam. Mandavam bilhetinhos pedindo que não dessem verdura aos filhos.

Eis algo que eu jamais soube explicar: por que menino não gosta de verdura? Quando menino eu também não gostava.

– Pedem às mães que mandem bilhetinhos, e não é só isso: usam qualquer recurso para não comer verdura. Hoje mesmo me apareceu um com um bilhete da mãe dizendo: não obrigar meu filho a comer verdura. Só que estava escrito com a letra do próprio menino.

Chegada era a hora de levá-lo ao médico – uma professora amiga foi buscá-lo para mim.

– Meu filho – perguntei, ansioso, assim que saímos: – Em que turma você está? Na 12 ou na 13?

– Na 14 – ele respondeu, distraído. Respirei com alívio: E nem podia ser de outra maneira, não era isso mesmo?

– Fico satisfeito de saber – comentei apenas.

Ele não perdeu tempo:

– Então eu queria pedir um favor – aproveitou-se logo: – Que você mandasse ao padre-diretor um bilhete dizendo que eu não posso comer verdura.

25
O enviado de Deus

Fazia um dia lindo. O ar ao longo da praia era desses de lavar a alma. O meu fusca deslizava dócil no asfalto, eu ia para a cidade feliz da vida. Tomara o meu banho, fizera a barba e, metido além do mais num terno novo, saíra para enfrentar com otimismo a única perspectiva sombria naquela manhã de cristal: a da hora marcada no dentista.

Mas eis que o sinal se fecha na Avenida Princesa Isabel e um rapazinho humilde se aproxima de meu carro.

– Moço, me dá uma carona até a cidade?

O que mais me impressionou foi a espontaneidade com que respondi:

– Eu não vou até a cidade, meu filho.

Havia no meu tom algo de paternal e compassivo, mas que suficiência na minha voz! Que segurança no meu destino! Mal tive tempo de olhar o rapazinho e o sinal se abria, o carro arrancava em meio aos outros, a caminho da cidade.

Logo uma voz que não era a minha saltou dentro de mim:

– Por que você mentiu?

Tentei vagamente justificar-me, alegando ser imprudente, tantos casos de assalto...

– Assalto? A esta hora? Neste lugar? Com aquele jeito humilde? Ora, não seja ridículo.

Protestei contra a voz, mandando que se calasse: eu não admitia impertinência. E nem bem entrara no túnel, já concluía que fizera muito bem, por que diabo ele não podia tomar um ônibus? Que fosse pedir a outro, certamente seria atendido.

Mas a voz insistia: eu bem vira pelo espelho retrovisor que alguém mais, atrás de mim, também havia recusado, despachando-o com um gesto displicente. Nem ao menos dera uma desculpa qualquer, como eu. Não contaria com ninguém, o pobre-diabo. Como os mais afortunados podem ser assim insensíveis! Era óbvio que ele não dispunha de dinheiro para o ônibus e ficaria ali o dia todo.

E eu no meu carro, de corpo e alma lavados, todo feliz no meu terninho novo. Comecei a aborrecer o terno, já me parecia mesmo ligeiramente apertado. Dentro do túnel a voz agora ganhara o eco da própria voz de Deus:

– Não custava nada levá-lo.

Não, Deus não podia ser tão chato: que importância tinha conceder ou negar uma simples carona?

Ah, sim? Pois então eu ficasse sabendo que aquele era simplesmente o teste, o Grande Teste da minha existência de homem. Se eu pensava que Deus iria me esperar numa esquina da vida para me oferecer solenemente numa bandeja a minha oportunidade de Salvação, eu estava muitíssimo enganado: ali é que Ele decidia o meu destino. Pusera aquele sujeitinho no meu caminho para me submeter à prova definitiva. Era um enviado Seu, e a humildade do pedido fora só para disfarçar – Deus é muito disfarçado.

Agora o terno novo me apertava, a gravata me estrangulava, e eu seguia diretamente para as profundas do inferno, deixando lá atrás o último Mensageiro, como um anjo abandonado. Ao meu lado, no carro, só havia lugar para o demônio.

– Não tem dúvida: aquele cara me estragou o dia – resmunguei, aborrecido, acelerando mais o carro a caminho da cidade.

Quando dei por mim, já em Botafogo, entrava no primeiro retorno à esquerda, sem saber por quê, de volta em direção ao túnel.

Imediatamente me revoltei contra aquela tolice, que apenas me faria perder o dentista – o que, aliás, não seria mau. Mas era tarde, e o fluxo do tráfego agora me obrigaria a refazer todo o percurso.

Como explicar-lhe, sem perda de dignidade, que havia mentido e voltara para buscá-lo? Certamente ele nem estaria mais lá.

Estava. Foi só fazer a volta na praia, e pude vê-lo no mesmo lugar, ainda postulando condução. Detive o carro a seu lado. Justificando meu regresso, gaguejei uma desculpa qualquer, que ele mal escutou. Aceitou logo a carona que eu lhe oferecia: sentou-se a meu lado como se fosse a coisa mais natural do mundo eu ter voltado para buscá-lo.

Era mesmo alguém que pedia condução simplesmente porque não tinha dinheiro para o ônibus. Desempregado, ia para a cidade por não saber mais para onde ir – o que já é outra história.

Só não me pareceu que fosse um enviado de Deus: não perdi o dentista e, ainda por cima, Deus houve por bem distinguir-me com um nervo exposto.

26
Sou todo ouvidos

Alfredo me telefona:

— Soube que você está pensando em ir a Nova York.

— Estou sempre pensando.

— Queria te dar uma sugestão. Você está me ouvindo?

— Estou. Por quê?

— Porque é exatamente sobre isso a minha sugestão.

— Sobre isso o quê?

— Então você não está ouvindo.

— Sou todo ouvidos: pode falar.

— Se você for a Nova York, quem sabe não seria o caso de consultar lá um especialista?

— Especialista em quê?

— Em ouvido.

— Em quê?

— Não estou dizendo? Um especialista EM OUVIDO!

— Eu ouvi da primeira vez, estava querendo só me certificar. Um especialista em ouvido, você disse.

— Isso! Um otorrino.

— Prefiro o Otto Lara.

— Estou falando sério.

— Você acha que estou ficando surdo?

— Surdo não digo, mas com problema de audição, isso acho.

— Que problema? Estou te ouvindo perfeitamente.

— Experimenta o fone no ouvido esquerdo.

— Está no esquerdo.

— Bem, telefone não prova nada, funciona como um amplificador. Você viu a foto do Reagan com aparelhinho no ouvido?

– Vi. Isto é, vi a foto. O aparelhinho é tão pequeno que nem dá para ver.

– É isso mesmo: uma obra-prima. Eles hoje chegaram a um grau de perfeição, nessas coisas, que você não imagina.

– E você acha que estou precisando de um aparelho desses?

– De aparelho não digo. Mas uma consulta não te faria mal nenhum. Sei que aqui no Brasil já estão muito adiantados em vários ramos da medicina, mas, como eu disse, tem certas coisas que os americanos...

– Pois olha, se você acha que é o caso...

– Acho que sim. Tenho notado, quando você está conversando com os outros, que certas coisas que te falam você parece não escutar, como se não estivesse prestando atenção.

– Vai ver não estou mesmo.

Até parece que certas coisas eu prefiro não escutar. Mas não é bem o caso: sempre fui assim, desde menino. Por mais interessado que eu esteja, não consigo prestar atenção o tempo todo: de repente me distraio, começo a pensar outra coisa, perco o fio da conversa, quando percebo não sei mais qual é o assunto. Então desligo a tomada de uma vez, saio do ar, fico olhando o outro com cara de imbecil. Escolho um ponto qualquer na cara dele, o nariz, os óculos, uma berruga no queixo, o bigode, e fixo o olhar ali. Só me dou conta de que ele está falando comigo quando a coisa se converte de repente numa pergunta que tenho de responder.

– Bem, reconheço que você é meio desligado. Mas não se trata disso: trata-se da sua audição.

– Pois então vou te contar, já que você tocou no assunto. Há pouco tempo andei preocupado com isso e procurei um otorrino famoso, fiz um exame chamado audiometria.

Ele disse que eu estava com uma ligeira perda dos agudos no ouvido esquerdo. Só dos agudos.

– Não falei? No esquerdo. E daí?

– Daí que não há nada a fazer. Ele disse que é mais moço do que eu e a perda dele já é muito maior. Ele escuta ruídos fabulosos, como de ondas do mar, às vezes de ronco de avião, daqueles antigos. Ao passo que eu só escuto uns zumbidos.

– Zumbidos? Que espécie de zumbidos?

– Uns zumbidos contínuos, como de abelhas voando. Mas ele disse que isso é natural, tem gente que escuta até sirene de carro de bombeiro.

– Você desculpe eu estar insistindo, não sei se isso é algum complexo meu, mas...

– Que ruído você escuta?

– Eu? Não escuto ruído nenhum, tenho audição absolutamente normal. Pelo menos neste capítulo, por enquanto não tive nada. Mas meu pai acabou surdo e isso me impressionava quando eu era menino. A pessoa fica completamente desligada... Essas coisas, quanto mais cedo a gente cuidar, melhor. É apenas uma sugestão. Quando você for a Nova York...

– Está bem, posso consultar um especialista quando for a Nova York. Mas quem? Você conhece algum cobra no assunto?

– Eu não conheço, mas alguém do consulado deve conhecer, pode te recomendar. Ou o Lucas Mendes, da TV Globo, ele não é seu amigo?

– Talvez seja uma boa ideia.

– Ainda que não adiante, sempre pode existir algum tratamento para impedir que se agrave, algum jeito de tirar do seu ouvido essas abelhas...

ACATEI A SUGESTÃO de meu amigo. Tanto assim que, nem bem desliguei o telefone, já me vi procurando em Nova York não o Lucas Mendes, mas o Hélio Costa, seu colega da TV Globo. Este me levaria ao célebre Dr. Alfred M. Thompson, renomado especialista em audição, chefe da famosa Clínica de Otorrinolaringologia de Springfield, Massachusetts, tida como a mais adiantada do mundo em matéria de ouvidos moucos. E também já me vi – e ouvi – num segmento do programa *Fantástico* de um domingo nobre da TV Globo para todo o Brasil, enquanto Hélio Costa entrevistava o homem:

– Doutor Thompson, o senhor acha que o caso teratológico que lhe trouxemos, embora raríssimo, talvez o primeiro de que se tem notícia nos anais da otorrinolaringologia em todo o mundo, é passível de tratamento? Em outras palavras, é possível liberar o enxame de abelhas que o paciente traz no ouvido?

Dr. Thompson passa a mão pelos cabelos brancos cuidadosamente penteados, retira os óculos sem aro e, encarando a câmera, afirma com segurança:

– *Well, I think that bees are very peculiar little creatures, and the case of Mr. Sabino is also rather peculiar...*

A voz em inglês se abaixa, sobrepondo-se a tradução em português do entrevistador:

– Doutor Thompson afirma que as abelhas são pequenas criaturas muito peculiares, assim como também o caso do Senhor Sabino é de preferência peculiar. Traz ele não exatamente um enxame mas apenas algumas abelhas no conduto auditivo. As mesmas poderão perfeitamente ser liberadas mediante tratamento adequado, vindo eventualmente a constituir para o paciente um rendoso negócio, na formação de um núcleo de criação de abelhas, dotadas, depois de tanto tempo de concentração no conduto auditivo, de uma extraordinária capacidade de produção de mel e de cera. Embora não sendo sua especialidade, afirma ainda doutor Thompson, a apicultura, como se sabe...

27
O mundo é pequeno

Na portaria do hotel um homem corpulento, debruçado no balcão, impedia nosso acesso. David Neves e eu ficamos aguardando que ele se movesse, dando-nos espaço para que pudéssemos nos registrar. Acabávamos de chegar a Hollywood.

Logo o reconheci: era o ator Broderick Crawford.

– Você aí – bati-lhe nas costas com o jeito de *gangster* que ele costumava assumir em seus filmes: – Você me deve um dólar.

David, que também o reconhecera, olhou-me perplexo. O homem da portaria se crispou, na expectativa, sem saber se seria o caso de intervir. Mas o ator não se alterou. Levou lentamente a mão ao bolso da calça, retirou um maço de notas, separou um dólar e me estendeu, sem sequer se voltar. Recusei a nota:

– Só recebo numa mesa de bar.

Ele acabou se virando e fixou em mim os olhos claros por entre as pálpebras empapuçadas:

– Posso saber por que lhe devo um dólar? – e balançava o corpanzil, nota na mão ainda estendida.

– Porque há vinte anos fez comigo uma aposta e perdeu.

Ele ficou a me olhar, intrigado. De súbito se abriu num sorriso, deixando escapar alegremente o meu nome, e acolheu-me num abraço à brasileira.

Estávamos em dezembro de 1972.

EM FEVEREIRO DE 1953, portanto quase vinte anos antes, Broderick Crawford esteve no Rio, em meio a um badalado grupo de artistas de cinema. Já era então o ator magnífico de *A grande ilusão,* que lhe valeu o Oscar, e o falso padre que contracenou com Richard Basehart em *Os trapaceiros* de Fellini. Uma longa carreira de sucesso não atraía para ele a atenção do público brasileiro, mais interessado na beleza desta ou daquela *starlet* do grupo que nos visitava.

Fui entrevistá-lo para uma revista. Subi a Petrópolis, onde os artistas participavam de um baile no Quitandinha. Encontrei-o refugiado no bar, tomando um gim duplo. Depois de me apresentar e aceitar acompanhá-lo num drinque, disse-lhe que os jornais o haviam promovido a intelectual da turma, por haver desembarcado do avião com um livro na mão. Era *The Disenchanted*, de Budd Schulberg, informou ele: baseado na vida de Scott Fitzgerald. Ao saber que eu conhecia o livro, interessou-se pela conversa, falou em literatura e cinema, contou casos, fez perguntas sobre o Brasil. Acabou marcando um encontro para o dia seguinte no bar do Hotel Copacabana, onde estava hospedado.

E lá realmente nos encontramos, passando a beber gim pela tarde afora – enquanto eu tomava uma dose, ele tomava um copo inteiro. E assim nos tornamos amigos de infância. Ao anoitecer, propôs que fôssemos a outro bar: aquele ali estava muito movimentado para seu gosto, com a presença da imprensa e curiosos em torno aos demais artistas. Disse-me que havia dado uma escapada até um botequim dos arredores e experimentado uma cachaça; achou boa, embora um pouco doce.

Saímos, e como na rua ele não parecia ter pernas para ir muito longe, fomos ao Michel, que era ali perto, só dobrar a esquina. Continuamos a beber, e a horas tantas, surgido não sei de onde, Marco Aurélio Matos se juntou a nós. Já era noite plena quando nos vimos erguendo brindes aos peixinhos no aquário atrás do balcão.

Depois iniciamos uma discussão sobre o futuro do cinema. O ator afirmou que todos os filmes, dentro de dez anos, seriam em três dimensões. Estavam em moda na época não apenas o sistema 3 D, mas o Panavision, o Vistavision, o Cinerama, a tela panorâmica e outras novidades. Eu sustentava que não, usando argumentos de bêbado em favor do advento do cinema em casa. Em televisão, propriamente, ninguém falou. Ele fez questão de apostar solenemente um dólar.

— Só tem um problema — adverti: — Quem ganhar, como vai cobrar um dólar do outro daqui a dez anos?

Ele me tranquilizou com um vigoroso tapa nas costas:

— A gente se encontra por aí... O mundo é pequeno.

De repente se lembrou de que partiria ainda naquela noite. Consultei o relógio.

— Por que não avisou? Está mais do que na hora. Vamos, senão acaba perdendo o avião.

— Isso mesmo. É o tempo de tomarmos o último.

A presença um pouco mais sóbria do Marco Aurélio Matos foi decisiva para que eu conseguisse arrancar o ator dali, conduzindo-o até o hotel. Chegamos em cima da hora: os outros haviam acabado de partir. Foi um custo convencê-lo a entrar no táxi que o aguardava, sua mala já havendo seguido para o aeroporto com os demais.

Agora ali estava ele diante de mim, não dez, mas vinte anos depois, num hotel em Hollywood. A gente se encontra por aí... O mundo é pequeno.

Era espantoso que se lembrasse de meu nome, e da aposta de um dólar que havia perdido.

PARA CELEBRAR o reencontro, ele mandou ao meu quarto uma garrafa de champanhe. Em troca, mandei-lhe uma lembrança que trouxera do Brasil, justamente para uma ocasião como essa: um vidro de pimenta-malagueta. No dia seguinte ele me disse que havia comido tudo e gostado muito, perguntou se não tinha mais.

Passei a vê-lo diariamente, e embora ele nem sempre estivesse completamente sóbrio, eu sabia que não era de brincar em serviço: excelente profissional, saía-se bem de qualquer papel e ainda ajudava os outros a dar conta dos seus. Contou-me que estava contracenando com um jovem ator num filme para televisão. – Vamos destruí-lo ou construí-lo? – perguntou o diretor. Depois do primeiro dia de trabalho, ele avisou: – O jovem é bom, vamos construí-lo.

David Neves e eu estávamos fazendo uma série de pequenos documentários sobre Hollywood para televisão. Ele se deixou filmar, mas advertindo antes que tomássemos cuidado: tínhamos de agir como se ele não soubesse, nem mesmo percebesse estar sendo filmado, pois seus contratos não permitiam. O que cumprimos à risca. David, com uma câmera na mão e uma ideia na cabeça, é capaz de tudo.

E QUANDO ME DESPEDI do ator, não fiz com ele nenhuma aposta para ser cobrada em dez anos. Dez anos já se passaram, mas a gente ainda se encontrará por aí: o mundo é mesmo pequeno.

28
Poltronas numeradas

Quando entramos, o espetáculo já se havia iniciado. No modesto picadeiro os empregados tentavam estender um tapete enquanto dois palhaços davam saltos-mortais. Galgamos às pressas a arquibancada e nos instalamos na tábua frágil, já superlotada, que se vergou mais ainda ao nosso peso.

– Acho melhor a gente sair daqui – pediu Clarice.

– Para onde? Não tem mais lugar.

Havia ainda duas poltronas vagas lá embaixo, entre as longas filas numeradas que cercavam o picadeiro.

– A gente paga a diferença – expliquei.

Apoiando-nos na perna de um, no ombro de outro, realizamos a proeza de descer dali e passar para as poltronas. Fora-se a ilusão de que a verdadeira alegria de um circo só atingia a quem estivesse no poleiro. Já não éramos crianças; as poltronas não passavam de duas frágeis cadeirinhas de armar, vestidas de uma capa vermelha e desbotada, e presumia-se que fossem tidas como lugares de mais nobre categoria, entre os artistas no picadeiro e a plebe nas gerais.

O espetáculo prosseguia: dois anõezinhos faziam gatimonhas, para logo dar lugar ao casal de amestradores e três cavalões brancos. A orquestra atacou uma valsa. O dono do circo anunciava: respeitável público! e os aplausos rompiam. Nós também aplaudíamos, felizes: integrados no público, sentíamo-nos respeitáveis, e tudo era lindo, a tarde perfeita.

Foi Clarice quem os viu primeiro. Empurrou-me o braço com o seu, ansiosa: olha ali. Sim, eles haviam chegado, os donos das duas cadeiras vagas. E o pior é que não era um casal qualquer. Ele gordo, meio calvo, dessa espécie de negro que parece ter sido muito mais negro na mocidade e cuja pele foi-se clareando com a idade; tinha a compostura modesta de um funcionário público em vésperas de aposentadoria. Ela, embora mais magra do que o marido, parecia mais velha – os cabelos ásperos, presos em coque, eram grisalhos, quase brancos. Ambos estavam muito corretos nas suas roupas de domingo, ele de terno azul-marinho, ela num vestido também azul de bolinhas brancas. Examinavam os bilhetes, confabulavam, tornavam a procurar. Alguém lá atrás gritou "senta", logo outros fizeram coro. Desorientados, voltaram-se para o empregado do circo, na sua farda amarela de enfeites azuis: aqui os nossos bilhetes – o marido parecia dizer, muito digno, exibindo os bilhetes, e a mulher secundava com a cabeça. "Senta!", tornaram a gritar, "olha a frente!" No picadeiro a moça acabava de saltar sobre o cavalo que corria em círculo, todo mundo aplaudia, aplaudi também. Clarice me puxou pelo braço, aflita:

– Olha lá: vamos ter de sair, olha lá.

Olhei: o empregado conferia os bilhetes e corria a vista pela fila de cadeiras até localizar-nos. Fez, porém, um ar aborrecido e se voltou para os dois retardatários, falou qualquer coisa gesticulando: tenham paciência, agora não é possível ir lá no meio desalojar duas pessoas só para acomodar outras duas... Mas eles estavam no seu direito – era o que o dono das cadeiras parecia estar ponderando agora: tinham comprado duas poltronas, que custavam mais caro, e com antecedência, passaram todo o mês aguardando aquele momento, eles que nunca saíam, nunca passeavam, não tinham dinheiro para essas coisas, e logo agora, só porque chegaram um pouco mais tarde... O empregado tornou a olhar para o nosso lado. Viramos rápido o rosto para a frente, e o cavalo branco estava simplesmente *dançando* ao som da valsa!

– Não olha mais não – pedi a Clarice, também aflito: – Sair daqui agora é que não é possível: vamos perturbar todo mundo. Finge que não vê.

O empregado parecia estar dizendo a mesma coisa: o que é que eu posso fazer? Tirar os outros do lugar? Por que não chegaram cedo? Querem que eu interrompa o espetáculo? E esticou o braço num gesto largo, apontando a arquibancada.

– O que está acontecendo? – Clarice, agoniada, perguntou-me ao ouvido, e fingia aplaudir a despedida deslumbrante dos três cavalos brancos que saíam do picadeiro a galope.

– Nada não: já se acomodaram – respondi. – A culpa não foi nossa.

Pude ver ainda o casal ser conduzido pelo empregado com sua farda amarela de enfeites azuis até as prateleiras de tábua superlotadas: ele, conformado, enxugando com o lenço o suor da testa, e ela seguindo atrás, desapontada, mas com dignidade. Em pouco desapareciam, tragados pela multidão nas arquibancadas.

Pus-me então, como um canalha, a aplaudir freneticamente a equilibrista japonesa, que fazia prodígios em cima de um arame esticado.

29
O tenente mágico

Havia um tenente que fazia mágicas. Hoje deve ser major ou coronel, se já não passou pela mágica de ir diretamente a general de pijama. Aprendeu o ofício com um mestre europeu, fez o curso completo em três "matérias": prestidigitação, ilusionismo, e aquela outra que se refere a escapar de algemas, laços e prisões, que fez a glória de Houdine, não sei que nome tenha. Eram seus colegas de aprendizado um industrial de São Paulo e um marinheiro. O industrial de São Paulo aprendeu o bastante para fazer dinheiro fácil e abundante, hoje é grande capitalista naquela praça. O marinheiro caiu no mundo e, se já não morreu, deve estar embasbacando os papalvos de tudo quanto é porto.

Éramos dois aspirantes, mais o tal tenente e um capitão adventício, jogando cartas à noite no quarto de hotel. Exigíamos que o mágico se despisse, jogando apenas de cuecas – mas ainda assim a horas tantas, quando a sorte lhe era adversa, cometia com um passe inesperado o irritante prodígio de fazer desaparecer todo o baralho. Por mais que déssemos busca, não o encontrávamos – e com outro gesto seu as cartas começavam a pingar do nariz do capitão. O capitão não achava graça, mas como ganhava sempre, e nem podia ser de outro modo, estava respeitada a hierarquia.

Quando saíamos com ele à rua, os prodígios se sucediam: éramos três ou quatro a entrar numa festa do clube local, embora só dispuséssemos de um convite: o convite era entregue por ele ao porteiro e surripiado várias vezes para ser entregue novamente. Não sei como fazia isso, mas podia ficar ali o resto da noite embromando o porteiro com a sua mágica e introduzir nos salões do clube a população da cidade inteira.

Fazia desaparecer tudo que lhe caía nas mãos, e os objetos surgiam nos lugares mais inesperados. Metia um ovo inteiro na boca, como se o tivesse engolido, e o capitão, sentindo brotar no bolso algo estranho, ia apalpar e espatifava num gesto brusco o ovo dentro do paletó.

– Magica besta. Faz outra que eu te ensino.

Um dia o capitão o desafiou com a sugestão de número inédito:

– Um mágico já engoliu meu anel e depois devolveu.

– Isso é fácil, também sei fazer: Me dá o anel.

Tomou o anel do capitão, levou-o à boca e o engoliu.

– Me dá meu anel – protestou o capitão, procurando-o inutilmente nos bolsos.

– Eu engoli. Amanhã devolvo.

Por mais que o capitão reclamasse, afirmava que realmente o engolira, a pedido seu. Eu não poderia jurar – o certo é que só foi devolvido no dia seguinte.

Tamanha era a sua versatilidade no gênero de distração a que se dedicara, que um dia o provocamos a bater a carteira de um desconhecido – especialidade em que também já se revelara um mestre. Aceito o desafio, já em termos de aposta, saímos à rua para escolher a vítima. No café da esquina ele se adiantou abruptamente e foi entrando:

– Com licença.

Deu um esbarrão num sujeito parado à porta, pediu desculpas, depois se acercou de nós exibindo disfarçadamente a carteira:

– Olhem aqui. Agora me paguem.

Restava devolvê-la. Não pretendíamos que a brincadeira fosse às últimas consequências, ficando ele com a carteira. Alheio a tudo, o cidadão já se dispunha a sair, quando o tenente mágico o abordou:

– Essa carteira é sua, vou lhe explicar.

O homem não quis saber de explicações. Reteve o tenente pelo braço, chamando-o de ladrão, e começou o bate-boca. Inutilmente procuramos intervir. Um guarda acabou surgindo, tivemos de declinar nossa qualidade de oficiais do

Exército. Por pouco não fomos presos assim mesmo: era um desses casos que hoje em dia terminam em pancadaria entre civis e militares, com depredação de delegacias e tudo mais. Pusemos a culpa no capitão e demos o fora.

Suas mágicas atingiram o clímax no dia em que nos revelou a mais extraordinária de suas habilidades: a tal de escapar de cordas e laços, coisas assim. A demonstração consistia no seguinte: depois de amarrado fortemente numa cadeira do quarto, com voltas e mais voltas de uma corda bem segura por muitos nós, era colocado com cadeira e tudo atrás da porta aberta do armário; em menos de dois minutos se desvencilharia, mas não podíamos ver como. E realmente ficou ali estrebuchando, suando e gemendo, para ao fim de dois minutos, controlados a relógio, saltar da cadeira. Tão grande foi nosso pasmo que deu na cabeça do capitão a estúpida vanglória de fazer o mesmo; pediu que o amarrássemos como ao outro. Obedecemos – afinal de contas ele era capitão. Pediu que saíssemos do quarto, para tentar escapar longe de nossos olhos. Saímos e fomos jantar. Depois do jantar esquecemos o homem e fomos passear pela cidade. Só tarde da noite nos lembramos e corremos ao hotel, para encontrá-lo furibundo, tombado ao chão, ainda preso à cadeira, se esgoelando a plenos pulmões e tentando tocar a campainha da parede com o pé.

– Miseráveis. Vocês hão de ver comigo.

Não vimos coisa nenhuma. No dia seguinte o tenente mágico conseguiu o prodígio de fazer desaparecer para sempre o próprio capitão.

30
Gravata com G

O que o Gilson me pediu que trouxesse de Nova York era realmente uma coisa à toa: uma gravata.

Só que não se tratava de uma gravata qualquer: era um modelo com uma letrinha bordada. No caso um G, é lógico. Tinha visto um anúncio na revista *Playboy*, e como eu caí na asneira de contar para ele que ia a Nova York, me passou o recorte: pode ser de qualquer cor, contanto que tenha a inicial dele. É um voo especial, vamos ficar só de sábado a terça-feira.

Sábado não deu tempo de pensar em gravata nem em coisa nenhuma, chegamos muito cansados. No domingo, passeando pelo centro da cidade, bem que eu vi a tal gravata em mais de uma vitrine, aqui e ali, em diversas cores, e com várias letras, o alfabeto inteiro, era coisa barata, apenas um dólar. Só que domingo o comércio estava fechado.

NA SEGUNDA-FEIRA houve um almoço que se prolongou pela tarde inteira. Depois um coquetel que entrou pela noite. Quando dei por mim já era terça de manhã, eu numa ressaca dos diabos, hora do embarque, o ônibus à espera na porta do hotel para nos levar ao aeroporto. Só então me lembrei: a gravata.

O ônibus não podia esperar. Eu disse para o pessoal: vocês vão indo que eu vou de táxi. E saí à procura de uma loja ali por perto do próprio hotel, onde tinha visto a gravata.

Não encontrei. Estiquei a caminhada pela rua abaixo, um, dois, três quarteirões, e nada. Voltei ao hotel, meio aflito, apanhei a mala, tomei um táxi, mandei que tocasse para a Broadway. Ali, não tinha dúvida, vira o raio da gravata em várias lojas.

A cada uma que passava eu dizia ao motorista que parasse e olhava da janela mesmo: havia tudo quanto era tipo de gravata nas vitrines, menos a que eu procurava.

A certa altura tive a impressão de que naquela loja havia uma, resolvi conferir. O motorista se recusou a esperar, era proibido estacionar ali. Prometi pagar a corrida em dobro, e saltei correndo. Não fosse eu perder o avião por causa daquela maldita gravata.

ENCONTREI. Logo na entrada da loja, e com várias letras, inclusive G. De diversas cores, à minha escolha. Mas o vendedor me atendia com insuportável lentidão, eu não podia mais de ansiedade, estava em cima da hora. Quando vi que a menor nota que eu tinha era de 10 dólares, para não esperar o troco agarrei dez gravatas de várias cores com a letra G e saí correndo com a sacola de papel.

Na rua parei estatelado: o táxi tinha sumido.

Mais essa agora – com minha mala e tudo! Eu ia perder o avião.

Fui andando desorientado até a esquina, minha esperança renasceu: lá estava ele, à minha espera na outra rua. Depressa, para o aeroporto! E respirei, aliviado: o Gilson ia ter gravata com letra G para usar o resto da vida.

QUANDO CHEGUEI ao aeroporto, foi o tempo de pagar o táxi (em dobro) e sair esbaforido com a mala sem pensar em carregador. Entrei no avião sob o olhar de censura de todos, já sentadinhos, de cinto colocado, prontos para levantar voo.

– Pelo menos espero que você tenha encontrado a tal gravata – comentou o que estava a meu lado.

– Encontrei – respondi, triunfante.

Depois de me ajeitar na poltrona, procurei a sacola das gravatas para mostrá-las. Havia ficado no táxi.

31
Assalto numa noite de verão

Era bom vê-la assim, à luz do isqueiro, olhando para mim.

Não, não olhava para mim, pude verificar logo: olhava por cima do meu ombro para fora da janela.

Eu havia parado o carro um instante enquanto lhe acendia o cigarro. Vi seus olhos claros se dilatarem de horror: olha aí – ela conseguiu balbuciar. Voltei-me e por uma fração de segundo pensei que se tratasse de um importuno tentando me pedir ou vender alguma coisa. E dei com o cano do revólver brilhando a um palmo da minha testa.

O valor relativo dos testemunhos: mais tarde ela diria que era um cano negro, eu diria niquelado: negro era o assaltante. Estive mais perto dele e de entrar pelo cano, mas não posso jurar: para mim podia ser até um revólver de brinquedo. O certo é que o crioulo afirmava estar engatilhado e pronto para atirar ante a menor reação.

– Só quero o carro. Depois deixo por aí. Vai descendo senão atiro.

Falava rápido, nervoso, já abrindo a porta para que eu descesse. Eu me via de repente mergulhado numa atmosfera de sonho: era uma situação irreal, fora do tempo, desligada do mundo sensível que me cercava. Ao redor, a vida continuava, alheia àquela brusca interrupção na ordem natural das coisas, àquela inesperada inserção do fantástico no cotidiano: gente ainda pela rua, embora já passasse de meia-noite, uma mulher na janela, o vigia da construção a poucos metros, duas ou três pessoas conversando junto à carrocinha de sanduíches à beira da praia – uma noite serena de verão no Leblon, a doce companhia a meu lado, o carro seguindo mansamente, e se detendo um instante, e o cigarro, o isqueiro, o olhar – de súbito o revólver, o assaltante.

Então aquilo era um assalto: havia chegado enfim a minha vez. Pensamentos simultâneos me passavam pela cabeça naqueles poucos segundos: não perder de vista o revólver, não lhe dar as costas, desviar a atenção dele para mim. Senti com alívio que minha companheira o obedecia em silêncio, deixando o carro e se afastando. Saí também em silêncio, sem tirar dele os olhos. Ele se aprumou, revólver em riste: vai, vai – e brandia a arma junto ao meu nariz, sempre dizendo que estava engatilhada, pronta para atirar. Sua pressa era tanta que parecia precisar do carro apenas para fugir. Fui-me afastando, sempre de costas, com a sensação desagradável de que acabaria esbarrando no cano de outro revólver atrás de mim.

Não cheguei a ver se havia outros: ele entrou rápido no carro, cujo motor ficara funcionando. Falei qualquer coisa sobre deixar mesmo o carro na rua. Ele retrucou:

– Nada de polícia, hein?

– Se possível na Zona Sul! – gritei ainda, não sei se chegou a ouvir: o carro já partia em disparada.

Não haviam decorrido trinta segundos desde que nos detivéramos ali. Até agora não sei se cheguei a acender aquele cigarro.

ASSALTOS COMO esse se multiplicam – não há quem não tenha conhecimento de um caso pessoal a contar, e alguns bem dramáticos. O meu constitui quase uma exceção: só teve como consequência me deixar a pé.

Consequência natural a que se expõe quem tem pernas. Já me dou por satisfeito de ter nascido com apenas duas: em verdade nasci nu, e como diz o outro, se me tirarem a roupa do corpo, estarei no capital. Ainda assim, bem triste é a condição de pedestre. Principalmente de um casal de súbito despojado do carro e caminhando apatetadamente pela rua, já devolvido à desconcertante realidade: fôramos assaltados, eis tudo. Apesar da aparência frágil do assaltante – um pobre negro de vinte e poucos anos – a arma de fogo que ele empunhava era mais do que convincente e persuasiva: nos despojaríamos até da roupa, se ele assim ordenasse.

E de repente, quando nos aproximamos do bar que era o nosso destino, foi-se a patetice da calma apenas aparente em que eu ficara: e se ele tivesse ordenado, como eu temia, "você desce e ela fica"? É o que muitas vezes tem acontecido, segundo dizem. Então era chegada a minha hora e vez: já não estaria ali para contar a história. A simples ideia me fazia tremer, e para contar a experiência aos amigos no bar, tive de me fazer entender aos balbucios. Um deles se dispôs a levar-me até o distrito para dar queixa.

E foi assim que comecei por quebrar o compromisso assumido tacitamente com o assaltante.

No que bem andei – pois dez minutos depois de mim, chegava à delegacia um guarda com o número de meu carro (anotado na palma da mão): já haviam assaltado com ele um posto de gasolina na Lagoa. O rapaz do posto o acompanhava, mal-humorado:

– O segundo assalto hoje. Três crioulos. Todo o dinheiro da caixa. Ainda encheram o tanque. Sem pagar, é lógico. Logo hoje, que é dia do meu aniversário.

– Meus parabéns – cumprimentei-o idiotamente.

– Obrigado – respondeu ele, muito digno.

Então havia mais dois assaltantes que o meu provavelmente recolhera pelo caminho. Naquela mesma noite, fiquei sabendo depois, nada menos que 23 carros foram furtados (e roubados) somente no Rio. Porque há uma diferença, fiquei sabendo também: carro furtado é o que é roubado sem o dono, e carro roubado é o que é furtado do próprio dono, sob ameaça. Foi o que entendi. Geralmente o primeiro se destina à revenda, o segundo a assaltos, sendo logo abandonado.

Era o meu caso. Talvez a palavra do meu assaltante fizesse fé.

Alguém me advertiu que carro abandonado na rua acaba recolhido ao depósito, sem que a polícia chegue a tomar conhecimento. O que eu temia era que o meu acabasse mudando de categoria, de roubado para furtado, ao ser levado de novo, desta vez para revenda.

Durante vários dias percorri tudo quanto é depósito de carros da cidade: abandonados, furtados, acidentados. No Fundão, me vi perdido num cemitério de automóveis, em pilhas de quatro ou cinco, procurando algum que se parecesse com o meu. Não encontrei.

Dezessete dias se passaram, e eu já convencido de que os assaltantes desta praça não têm palavra. Até que hoje de manhã... Bem, devo dizer que, de minha parte, deixei de cumprir o trato indo à polícia, porque assalto é assalto e brincadeira tem hora – mas sem esperar mesmo que fizessem nada. Confiava em que o crioulo fosse compreensivo sobre este particular e não deixasse de cumprir sua palavra.

E não confiei em vão: hoje de manhã alguém telefonou para dizer que meu carro, absolutamente intacto, estava há dezessete dias abandonado na rua. Uma rua da Zona Sul.

32
A noite seria animada

Tínhamos comparecido a um programa de televisão em São Paulo. Depois nós, os do Rio, passamos a um bar das vizinhanças, devidamente bem acompanhados. A noite seria animada.

Eu mal havia provado o primeiro uísque, a moça a meu lado me perguntou se me incomodaria de levá-la em casa. O irmão ficara de vir buscá-la e até então não havia aparecido – ela tinha medo de voltar sozinha:

– É aqui perto, de táxi é um instante.

Como eu tivesse a pretensão de ser um cavalheiro, acedi, embora com a vaga suspeita de estar entrando numa fria.

Não me pareceu que fosse tão perto assim: o táxi rodava por ruas e mais ruas, dobrava esquinas, e a moça sempre falando no tal irmão, gostaria tanto que eu o conhecesse, estudava Economia mas tinha muito jeito para escrever:

– Já leu todos os seus livros.

Enfim, chegamos: o táxi parou em frente a uma casa modesta de um bairro qualquer nos intestinos de São Paulo. Ela se assanhou, quando viu a luz acesa:

– Meu irmão já chegou. Entra um instantinho, por favor. Ele não vai me perdoar quando souber que você veio até aqui.

Uma da manhã – não era hora de visitar o irmão de ninguém. Eu só pensava na turma lá no bar, uísque à minha espera. Um instantinho – não tinha como recusar. Quem se recusou foi o chofer, não podia esperar – então cometi a suprema asneira de pagar o táxi, deixando que ele se fosse.

O irmão era um galalau de seus 18 anos, que me encheu de perguntas e que era mesmo de encher. Desvencilhei-me dele como pude e me despedi, sem atender à sugestão da moça, que insistia:

– Fica mais um pouco que depois eu chamo um táxi para você.

– Não é preciso, vou andando, pego um na esquina.

E me arranquei dali.

Para começar, não havia esquina: a rua se prolongava, tortuosa, levando a lugar nenhum. As casas fechadas e às escuras. E nem sombra de táxi. Andei alguns quilômetros até encontrar um cruzamento, me meti por outra rua, mais outra, outra ainda, e nada: nem uma janela acesa, um botequim ainda aberto, alguém a quem pedir informação. A essa altura eu estava perdido num labirinto de ruas, não saberia voltar à casa da moça para que ela me pedisse um táxi. Eu podia estar tanto em São Paulo como em Jacarta, na Indonésia. Uma hora, duas horas à procura de uma avenida, uma praça com algum movimento, ao menos um ser vivo a quem pudesse pedir ajuda.

Então começou a chover.

Aquela chuva paulista – fria e chata, fina e densa, que vai molhando aos poucos, como se não fosse nada. E eu já estava encharcado, sem ter uma garagem, uma marquise, uma árvore que me abrigasse. Só me restava continuar andando a esmo por aquelas ruas malditas de um bairro perdido numa cidade de pesadelo. A lembrança dos meus amigos lá no bar, o uísque à minha espera, me parecia distante como uma alegria da infância. Só me faltava invocar a proteção de minha mãezinha para me livrar daquele tormento. Esgueirando-me junto às paredes como um cão sem dono, trêmulo de raiva e de frio, as pernas trôpegas, eu prosseguia sem destino noite adentro, sem esperança de um dia retornar à civilização. Mais de uma vez, em desespero, pensei em bater freneticamente numa porta qualquer, acordar um cristão que me socorresse. Três, quatro, cinco horas da manhã, e eu andando. Nenhum movimento ao redor, tudo parado e morto.

O dia começou a clarear, quando enfim cheguei como um autômato a uma rua mais larga, cruzada de vez em quando pelos faróis de um carro. Em vão acenei para um ou outro, mas não tomavam conhecimento de minha existência, como se eu fosse invisível. Encostei-me a uma parede e entreguei a Deus a minha sorte. Olhos fechados, morto de sono e cansaço, a roupa ensopada, eu só pensava na minha cama do hotel.

Seis horas da manhã, dia claro. Abro os olhos e vejo à minha frente, como num milagre, parado junto ao meio-fio, um táxi, o chofer acenando:

– Para o centro?

Dormi durante todo o percurso, quando dei por mim havíamos chegado. Só saí da cama às duas da tarde. E quando me juntei aos amigos no restaurante, eles não me perdoaram:

– Muito vivo, hein? Nos trocou por coisa melhor para passar a noite.

33
Condôminos

A porta estava aberta. Foi só eu surgir e arriscar uma espiada para a sala, o dono da casa saltou da mesa para receber-me:

– Vamos entrar, vamos entrar. Estávamos à espera do senhor para começarmos a reunião: o senhor não é o 301?

Não, eu não era o 301. Meu amigo, que morava no 301, tivera de fazer repentinamente uma viagem, pedira-me que o representasse.

O homem estendeu-me a mão, num gesto decidido:

– Pois então muito prazer.

Disse que se chamava Milanês e recebeu com um sorriso à milanesa a minha escusa pelo atraso. Desconfiei desde logo que fosse meio surdo – só mais tarde vim a descobrir que seu ar de quem já entendeu tudo antes que a gente fale não era surdez, era burrice mesmo.

Conduziu-me ao interior do apartamento onde várias pessoas, umas onze ou doze, já estavam reunidas ao redor da mesa. À minha entrada, todos levantaram a cabeça, como galinhas junto ao bebedouro. O apartamento era luxuosamente mobiliado, atapetado, aveludado, florido e enfeitado, nesta exuberância de mau gosto a que se convencionou chamar de decoração. O Milanês fez as apresentações:

– Aqui é o Dr. Matoso, do 302. Quando precisar de um médico... Ali o capitão Barata, do 304 – representante das gloriosas Forças Armadas. Dona Georgina e dona Mirtes, irmãs, não se sabe qual mais gentil, moram no 102. Aquele é o Dr. Lupiscino, do 201, nosso futuro síndico...

Suas palavras eram recebidas com risadinhas chochas, a indicar que vinha repetindo as mesmas graças a cada um que chegava. Cumprimentei o médico, um sujeito com cara mesmo de Matoso, o capitão com seu bigodinho ainda de tenente, as duas velhas de preto, não se sabia qual mais feia, o futuro síndico, os demais. O dono da casa recolheu a barriga e as ideias, sentando-se empertigado à cabeceira. Busquei o único lugar vago do outro lado e acomodei-me. A mulher do Milanês passou-me um copo de refresco de maracujá – só então percebi que todos bebericavam refresco em pequenos goles, aquilo parecia fazer parte do ritual, convinha imitá-los. Um dos presentes, solene, papel na mão, aguardava que se restabelecesse a ordem para prosseguir.

– Desculpem a interrupção – gaguejei. – Podem continuar.

– Não havíamos começado ainda – escusou-se o Milanês, todo simpaticão. – Estávamos apenas trocando ideias.

– Se o senhor quiser, recomeçamos tudo – emendou a Milanesa, mais prática. – Ali o nosso Jorge, do 203, dizia que precisávamos...

– Perdão, quem dizia era o Dr. Lupiscino – e o nosso Jorge do 203, um rapaz roliço como uma salsicha de óculos, passou para o extrema. A esta altura interveio o capitão, chutando em gol:

– Pode prosseguir a leitura.

Alguém a meu lado explicou:

– O Dr. Lupiscino fez um esboço de regulamento. O senhor sabe, um regulamento sempre é necessário...

O Dr. Lupiscino pigarreou e leu em voz alta:

– Quinto: é vedado aos moradores... Espere – voltou-se para mim: – O senhor quer que leia os quatro primeiros?

– Não é preciso – interveio o Milanês: – Os quatro primeiros servem apenas para introduzir o quinto. Vamos lá.

– Quinto: é vedado aos moradores guardar nos apartamentos explosivos de qualquer espécie...

O capitão se inclinou, interessado:

– É isso que eu dizia. Este artigo não está certo: suponhamos que eu, como oficial do exército, traga um dia para casa uma dinamite...

– O senhor vai ter dinamites em casa, capitão? – espantou-se uma das velhas, a dona Mirtes.

– Não, não vou ter. Mas posso um dia cismar de trazer...

– Um perigo, capitão!

– Meu Deus, as crianças – e uma senhora gorda na ponta da mesa levou a mão à peitaria.

– Pois é o que eu digo: um perigo – tornou o capitão. – Devíamos proibir.

– Pois então?

Ninguém entendia o que o capitão queria dizer. Ele voltou à carga:

– E imagine se um dia a dinamite explode, mata todo mundo! Não, é preciso deixar bem claro no regulamento: "NÃO é vedado ter em casa explosivos de qualquer espécie..."

– NÃO é vedado? Quer dizer que pode ter? – desafiou o autor do regulamento, já meio irritado.

– Quer dizer que não pode ter explosivos – respondeu o capitão, quase a explodir.

O capitão não sabia o que queria dizer a palavra *vedado* – e dali não passariam nunca se o Jorge, do 203, não tivesse levantado a lebre:

– Vedado é proibido, capitão. Vedado explosivo: proibido explosivo.

– Vedado proibido?

Confundia-se, mas não dava o braço a torcer:

– Eu sei, mas acho que devíamos deixar mais claro que é proibido. Isto de explosivo é perigoso, *vedado* só é pouco, se vamos proibir, é preciso a palavra NÃO. Para dar mais ênfase, compreendem? NÃO é vedado...

— Continue – ordenou o Milanês.

O capitão, vedado pela própria ignorância, calou o bico. O Dr. Lupiscino continuou a leitura e em pouco já ninguém estava prestando atenção: todos concordavam com a cabeça ao fim de cada artigo, quando o homem corria os olhos pela sala, para recolher aprovação. O Milanês, a certa altura, sugeriu que interrompessem o regulamento em favor da eleição do síndico – já se fazia tarde e dali haveria de sair um síndico naquela noite. A Milanesa se aproveitou para ir lá dentro buscar mais refresco.

— Sugiro que aclamemos o nome do Dr. Lupiscino para síndico – disse uma das velhas, desta vez a dona Georgina.

Todos aprovaram, menos o Milanês que, pelo jeito, queria ser síndico também.

— Estamos numa democracia – falou, tentando o engraçadinho: – E sem desfazer os méritos ali do nosso preclaro Dr. Lupiscino, acho que devemos lançar mão da mais importante das instituições democráticas: o voto secreto.

— Não precisa ser secreto – sorriu o Lupiscino, certo da vitória: – Somos poucos, todos conhecidos, quase uma família...

— Que acha o 301? – perguntou-me o Milanês, tentando conquistar o meu voto. Eu, porém, incorruptível, votaria no Lupiscino – a menos que a dona da casa, até o momento da eleição, se lembrasse de servir-me alguma coisa além do refresco de maracujá.

Disse-lhe que preferia não intervir, já que apenas representava um dos proprietários.

— O senhor não é condômino? – estranhou a bem-nutrida senhora da ponta da mesa. – Então quem é que está em cima de mim? Eu sou 202.

Expliquei-lhe que não era condômino – esta palavra era uma das razões pelas quais até então não tivera coragem de comprar um apartamento.

– Estou representando o 301. Em cima da senhora deve estar ali o Dr. Matoso, que, se ouvi bem, é 302.

Dr. Matoso sorriu amável, concordando:

– Faço muito barulho, minha senhora?

– Absolutamente – protestou ela, levando de novo a mão ao peito. – Mal ouço o senhor à noite descalçando os sapatos e botando os chinelos...

– A senhora é 202? – perguntou uma das velhas, novamente a dona Mirtes. – Pois então seu ralo deve estar entupido: está pingando água no banheiro da gente.

A outra velha confirmou silenciosamente com a cabeça a acusação terrível. Enquanto isso o Milanês providenciava a votação: cortou lenta e caprichosamente uma folha de papel em doze pedaços, distribuiu-os a cada um de nós:

– E a urna? Onde está a urna?

A urna seria um horrendo vaso de alabastro. Nos solenizamos ao redor da mesa, exercendo o sagrado direito de voto. Procedeu-se à apuração e o vencedor foi mesmo o Dr. Lupiscino, do 201, por esmagadora maioria: o Milanês ganhou apenas um voto, o seu próprio, naturalmente. E a Milanesa? Eu também, 301, ganhei um voto – mas não foi dela, desconfio que foi da senhora do 202, a do ralo entupido, que me proporcionava olhares à socapa. Felicitei o novo síndico, escusei-me e caí fora: ameaçavam retornar ao regulamento, e o capitão dizia:

– Por "áreas comuns" entenda-se: escada, corredores, vestíbulo, entrada de serviço, garagem. E elevador, que é próprio, mas também não deixa de ser comum...

À saída notei, de passagem, que o edifício não tinha elevador.

34
A experiência da cidade

A coisa que mais o impressionou no Rio foram os bondes. Não pode ver um bonde, fica maravilhado: nunca pensou que existisse algo de tão fantástico:

– Se ele quiser andar de fasto, ele pode?

Andar de fasto, na sua linguagem de menino do interior de Minas, é andar para trás. Tem outras expressões esquisitas: *sungar* é levantar; *pra riba* é para cima; *pramode* é para, por causa etc. Mas eu também sou mineiro:

– Pramode o bonde andar de fasto tem de sungar os bancos e tocar pra riba.

Ele fica olhando. Olha tudo com atenção. Tem 8 anos mas bem podia ter 5 ou 6, de tal maneira é pequenino. Bem que a cozinheira dizia:

– Tenho um filho que é deste tamaninho.

E levava a mão à altura do joelho. Chama-se Valdecir. Ninguém acerta com seu nome, nem ele próprio: – *Vardici*, diz, mostrando os dentes. No dia em que chegou, fiquei sabendo que nunca tivera ao menos notícia da existência de uma cidade, além do arraial onde nascera. Nunca vira luz elétrica ou água corrente, ainda mais telefone ou elevador. Abria a torneira e ficava olhando. Quando tinha água, era capaz de inundar o edifício. Quando não tinha, divertia-se tocando a campainha da porta da rua – e para alcançá-la precisava arrastar uma cadeira. As da sala de jantar têm marca de seus pés até hoje. A cozinheira atendia ao chamado, dava-lhe um safanão, arrastava-o para a cozinha. Ele ficava olhando: nunca vira um fogão a gás.

A princípio procurei deslumbrá-lo: com displicência, ligava a televisão em sua presença, abria a geladeira, usava o ventilador. Ele seguia-me os movimentos, silencioso, mas não parecia impressionado: eram coisas tão misteriosas que passavam muito além de sua capacidade de se espantar.

Com o mar, porém, foi diferente. Quando o levei pela mão até a praia do Leblon, ele olhou excitado para o mar e exclamou, arregalando os olhos:

– Óia, que lagoão!

Vendo-me falar ao telefone, limitava-se a sorrir, como a dizer: "Olha o bobo, falando sozinho."

Arranjei-lhe um lugar em colégio interno, a pedido da mãe. Ele concordou em ir, desde que fosse de bonde. E lá se foi, certa manhã, na beirada do banco, descobrindo maravilhas em cada esquina.

Na segunda-feira da Semana Santa, meu telefone chamou às cinco horas da manhã, tirando-me da cama. Fui atender, era ele:

– Tou falando pramode saber aonde é que eu vou. Não vai ficar ninguém aqui.

Já sabia telefonar, pois. Não sabia, apenas, que aquilo não eram horas de fazê-lo. Pedi-lhe que tivesse paciência e chamasse mais tarde. Mas ele não sabia o que queria dizer paciência. Morto de sono, desliguei o telefone e voltei para a cama. Meia hora depois a campainha chamou novamente:

– Posso falar agora?

Tive de me conformar: cinco e meia da manhã já era tarde para ele.

– Vou mandar tua mãe te buscar.

Ele deu uma risadinha e desligou. Na mesma tarde veio de novo para minha casa. De bonde, evidentemente.

Ficou por aí rodando pelo apartamento, brincando com as outras crianças na calçada. Por duas vezes foi à praia, mas não se aventurou a entrar no lagoão senão uma vez, achou a água muito azeda; limitou-se a ficar abrindo buracos na areia, à procura de minhocas.

NÃO SEI POR QUÊ, saiu do colégio; acabou indo morar com os tios em Santa Teresa, numa casa de cômodos. Um dia abro o jornal e leio a notícia: um homem matara o vizinho do quarto, que tentara violentar um menino. Foi arrolado como testemunha! Voltou para minha casa e já trazia nos olhos a perplexidade dos escandalizados pela vida.

Agora regressa à sua terra. Vai crescer, tornar-se homem como os que aqui conheceu, ou apenas envelhecer e morrer apoiado ao cabo da enxada, como seus ancestrais. Leva da cidade a notícia de meia dúzia de coisas fantásticas – bonde, televisão, elevador, telefone – cuja lembrança irá talvez se apagando com o tempo. Esquecerá depressa este homem que aqui viu, cercado de mecanismos, moderno e civilizado, que o abrigou alguns dias e a quem devolveu, sem saber, um pouco da infância. Apenas não esquecerá tão cedo seu primeiro conhecimento do homem, animal feroz.

35
A morte vista de perto

Foi em Londres. Eu vinha de uma reunião em que tivera a notícia da morte de um amigo no Rio.

Voltava de carro para casa e era tarde da noite. Uma noite escura, chuvosa, permeada de neblina – dessas noites londrinas que impregnam nossa alma de tédio e abatimento. É o sentimento a que os ingleses chamam de *spleen*, e que não tem correspondente na língua portuguesa. Em noites assim, a nossa realidade interior se mistura à atmosfera que o *fog* torna ainda mais densa, apagando os contornos da vida. O silêncio ao redor de nós como que se materializa. Os movimentos se fazem em câmera lenta, de peixes no mundo das águas. Ectoplasmas de nós mesmos, flutuamos no ar, integrados à eternidade do nada.

Nesse espírito é que eu voltava para casa pelas ruas desertas, pensando na morte do amigo e na morte em si, com a certeza de sua existência inexorável.

Extravagante foi a sensação que me veio então: a de que a morte existia, não apenas como o fim para todos nós, sem exceção, mas como alguma coisa concreta, visível, corporificada em alguém com quem eu poderia esbarrar a qualquer momento.

Naquele instante, ao voltar a cabeça, dei com ela a me olhar.

Eu havia parado num sinal vermelho, e embora não houvesse na rua o menor movimento, esperava pacientemente que ele se abrisse, como exigem as regras inglesas do bom proceder. O que me chamou a atenção foi um táxi que acabara de se emparelhar a meu carro, um pouco à frente, deixando-me lado a lado com o passageiro.

Era uma mulher.

Uma mulher já sem idade de tão velha, e ainda assim horrivelmente pintada, como um espantalho: tinha os lábios borrados de batom, duas rodelas vermelhas nas faces murchas, as sobrancelhas pinçadas, os olhos empastelados de rímel. Eu a olhava também, fascinado: mas o que era aquilo?

Foi quando ela, a dois palmos de mim, piscou um olho e franziu lascivamente os lábios numa careta, como um simulacro de beijo.

Aturdido, arranquei com o carro, como se fugisse de um filme de terror de Alberto Cavalcanti na solidão da noite. Nem esperei mais que o sinal se abrisse – com isso me arriscava a ser detido logo adiante pelo policial que em Londres está sempre presente em cada esquina. Pouco importava; o que desejava era fugir dali, como de uma presença amaldiçoada. Que queria de mim aquela bruxa? Certamente não se oferecia como mulher, a velha múmia – condição que já se perdera para ela num passado sem memória. Quem era, senão a própria morte em que eu vinha pensando, materializada na forma decrépita de uma megera? Senti um frio na espinha ao ver, pelo espelhinho, o táxi à minha retaguarda seguindo na mesma direção. Acelerei, para perdê-lo logo de vista.

Em pouco percebi, aliviado, que ganhava distância e ele desaparecia na cerração.

Eu morava numa rua meio remota, ao norte de Londres, e à noite o lúgubre caminho para a minha casa passava até por um velho cemitério no pátio de uma igreja. Ao chegar, fui direto para o quarto no segundo andar, disposto a espantar de mim a lembrança daquela visão.

Só quando me preparava para dormir lembrei que não havia apagado a luz da sala, lá embaixo. Desci de pijama, e fui até a janela para fechar a cortina.

Fiquei só na intenção. Ao olhar para fora, vi, em meio à neblina, parado na rua molhada em frente da casa, o táxi negro de pouco antes, com a velha debruçada contra o vidro, a boca arreganhada num sorriso para mim.

Então subi correndo e me tranquei no quarto, para tentar dormir e na manhã seguinte pensar que fora apenas um sonho.

36
A culpa da sociedade

Ajuntamento na Praça XV. Um rapaz de cor, rodeado de caras e dedos acusadores, olhava envergonhado para o chão.

— No ônibus. Quando a mulher olhou... Ladrão!

— Ladrão não senhor — ousou protestar o negro: — Não cheguei a roubar.

— Não chegou porque não deu tempo. Ora essa é muito boa: não chegou a roubar!

E o senhor gordo e meio calvo que o acusava segurou-o pelo pulso:

— Desta você não escapa, ladrão. E o guarda? Já chamaram o guarda?

Ninguém se movia para chamar o guarda. Todos queriam saber o que havia acontecido.

— Imagine o senhor — e o gordo acusador voltou-se para mim — que este porcaria estava num ônibus ao lado de uma senhora, e mete a mão na bolsa dela para furtar dinheiro. Se não fosse eu estar olhando... Foi apanhado com a boca... com a mão... com a bolsa...

Vim em sua ajuda:

— Com a boca na botija.

— Isso — confirmou ele: — Na botija. Agora está dizendo que não chegou a roubar. Ah! Não chegou porque não deixei, essa é muito boa. E o guarda? Onde está esse guarda?

— Não houve flagrante — resmungou o negro.

— Já viu só? Ainda por cima vem dizer que não houve flagrante. Ladrão!

– A culpa não foi minha.

– Não foi sua? – e o gordo lhe deu um safanão: – Mete a mão na bolsa da mulher e depois diz que a culpa não é dele. De quem é a culpa, então? Minha?

– Da sociedade.

Todos os olhares se voltaram para o negro, respeitosamente estupefatos. Por essa ninguém contava: a culpa da sociedade. Um carro buzinou pedindo passagem. O passageiro do carro inclinou-se para fora:

– Psiu! Ô Souto! Que diabo você está fazendo aí?

O acusador voltou-se vivamente ao chamado:

– Ah, Dr. Faria! Quanto prazer... Imagine o senhor... Eu... Este homem aqui...

Acabou largando o braço do negro e se aproximou do carro.

– Vamos para Copacabana – ordenou o outro: – Entre aí.

Enquanto isso, alguém sussurrava aos ouvidos do negro:

– Aproveita agora, foge.

Esse alguém era eu. O rapaz voltou-se para mim, impassível:

– Fugir por quê? Não fiz nada. Não houve flagrante.

O Dr. Faria abria naquele instante a porta de seu carro e o Souto entrava lampeiro, esquecido de sua vítima. O negro pôs as mãos nos bolsos e afastou-se em passos lentos, sem ser molestado.

37
Eficiência é o nosso lema

— Alô! Por favor, senhorita, trata-se do seguinte: eu comprei há tempos aqui em Nova York uma coleção da Enciclopédia Universal para pagar em prestações. Já paguei umas três mas resolvi... Como? Ah, sim, pois não. Muito obrigado. Espero, sim.

– Alô! Seção de Vendas? Por obséquio, eu queria saber... Meu nome é Sabino, mas isso não vem ao caso. Hein? Soletra-se S-A-B-I-N-O. Não, é um nome italiano, mas eu sou brasileiro. Escute, meu senhor, eu comprei uma coleção da Enciclopédia... Como? Bem... Ah, quando? No ano passado, não sei bem a data. Me desculpe, mas sou meio desorganizado. Comprei... Sim, já foi entregue. Não, por favor, ouça, meu senhor: não estou querendo comprar, já comprei. Quanto? É, realmente é muito barato. Mas já tenho a minha, muito obrigado. Sim, comprei e paguei, é lógico. Quero dizer: estou pagando. Aliás é sobre isso mesmo que eu queria uma informação. Paguei... Como? Alô!

– ...

– Seção de Informações? Escute, senhorita, eu estava falando com a Seção de Vendas e você se meteu no meio. Depois não querem que a gente reclame. Alô!

– ?

– Perdão, meu senhor, não quero propriamente reclamar coisa nenhuma, não sei por que me deram a Seção de Reclamações. Quero apenas pedir uma informação... Espere! Por favor, já falei com a Seção de Informações, alô! Ah, meu Deus, vai começar tudo de novo.

– ...

– Seção de Informações? Desculpe, senhorita, eu já falei para aí agora há pouco, parece que eles... Meu nome? Sabino. S-A-B-I-N-O. Não, S de... de quê, meu Deus? Não é F não, é S: Aliás F é do meu primeiro nome. Não, não, Sabino é o sobrenome mesmo. Mas isso não vem ao caso. Quero apenas saber quem aí pode me informar sobre a compra que eu fiz de uma enciclopédia... Seção de Vendas? Não, por favor, não é com essa seção. Já falei para lá também e eles... Alô! Seção de Vendas?

– !

– É lógico, ninguém me deixa falar! A culpa não é minha não senhor, é da telefonista. Espere! Espere...

– ?

– Telefonista? Por que diabo me ligaram de novo para a senhora? Hein? Com qual seção? Essa é boa. Com qual seção. Já estou entendendo do serviço aí mais do que vocês. Ligue para a que a senhora quiser, tanto faz. Me dê a Seção de Reclamações, quero fazer uma reclamação.

– ...

– Seção de Reclamações? Quero, sim senhor. Pois então tome nota: eu estou apenas... O quê? Ah, sim, boa tarde. Sabino... Não senhor, SABINO! Com B, sim senhor, B de quê? Não entendi bem... Sim, pode ser: não sei como se escreve essa palavra. Não! Meu nome eu sei como se escreve, ora essa! Não sei como se escreve essa palavra que o senhor disse. De modo algum. Me recuso a dar meu endereço. Para que o senhor quer meu endereço? Eu vou *reclamar*, entendeu? Ah, sim? Pois então escute: reclamo contra os serviços dessa companhia. Especificamente? Bem, contra essa Seção de Reclamações, por exemplo. Contra esse serviço telefônico dos senhores. Contra tudo. Lamentável digo eu. Há mais de meia hora que estou tentando colher uma informação e os senhores não fazem senão me jogar feito peteca de um lado para outro. *Peteca* – um esporte brasileiro. Quem é que falou em Seção de Livros Estrangeiros? Eu só quero pedir uma informação... Espere, não me ponha de novo na Seção de Informações que eu desligo. Sim, é justamente o que eu quero. O senhor não me deixa falar! Reclamação, sim: os senhores não deixam a gente falar. São bem-educados demais. Nunca vi tamanha eficiência. Querem saber coisas que não têm nada a ver com a história. Como? Não, livro de História não, meu senhor! Comprei uma enciclopédia. Sei lá que número! É justamente o que eu queria saber. Pois chame logo, chame quem o senhor quiser.

   – ...

   – Chefe da Seção de quê? Ah, sim contabilidade. Tenho, sim senhor. Quero, sim senhor. Recebi, sim senhor. Sabino, sim senhor. Não sei, não senhor. Número de quê? Ah, meu número é 189.374. E eu com isso? Não, por favor!, não se trata disso. Trata-se do pagamento. Eu queria que o meu débito... Sim, ainda falta, não paguei tudo não, é justamente sobre isso que eu quero falar. Até que afinal! Paguei...

   – ...

   – Mister o quê? Mais outro, meu Deus. Como é que se soletra isso? Qual é o seu primeiro nome? Agora chegou a minha vez. Deixe eu falar primeiro, mister Goldfish... mister Goldtrick... mister Gorduchinho? Ah, Goldsmith, está bem. Vou bem, obrigado. Depois dou o meu nome, meu endereço, conto-lhe minha vida inteira. Mas agora escute. Primeiro que tudo: com que seção eu tenho a honra de falar? Pois é isso mesmo: eu tenho um débito aí e queria pagar tudo de uma vez. O senhor quer verificar para mim quanto devo? Ora, o número de minha ficha! Pergunte à Seção de Informações, que deve saber melhor do que eu. Não, por favor, não me ligue para lá que eu me ofendo. Seção de Vendas a Crédito? Está bem, mister Goldsmith, o senhor é muito gentil. Muito obrigado. Igualmente.

– ...

– Alô! Seção de Vendas a Crédito? Qual é o seu nome, senhorita? Como se soletra isso? Seu primeiro nome? Endereço? O que é que vai fazer hoje à noite? Não, sou apenas um freguês da casa e estou usando seus próprios métodos. Já falei com tudo que é seção e não consegui saber o que eu quero. Ora, senhorita, não me venha com sutilezas! É lógico que eu sei o que quero saber! Se não soubesse não tinha ligado para aí. Sabino – escreva como achar melhor. *Não soletro não senhora!* Quer me fazer um favor? Ah, sim, muita gentileza de sua parte. Escutar calada tudo o que eu tenho a dizer. Pois então escute. Tenho a dizer o seguinte: Comprei a enciclopédia a prestação e agora quero pagar tudo de uma vez. Perdi os recibos, de modo que não sei nem quanto paguei nem quanto tenho ainda a pagar. Não, não quero outro recibo, pode fazer o favor de escutar calada? Para dizer com franqueza, o fato de eu ter perdido o recibo não é da conta de ninguém. Quero saber quanto eu tenho a pagar... Seção de...? Olha, se me ligar para mais alguém, vai começar o palavrão. Mando a senhorita àquela parte. O quê? Alô!

– ...

– Da Gerência? Ah, sim, de Cobranças. Escuta, senhor gerente, meu nome é éfe-é-érre-ene-a-ene-dê-ó-ésse-a-bê-i-ene-ó. Vou processar essa companhia porque estão me cobrando uma conta que não devo. Pois o senhor vai hoje mesmo se entender com meu advogado. Essa roubalheira não pode continuar. A petição já deu entrada. Como? Sim, espero.

– Alô! Quanto? Oitenta e nove dólares? Era somente isso que eu queria saber. O senhor receberá um cheque hoje mesmo. Deus o abençoe, senhor gerente.

38
A vitória da infância

Naquela manhã íamos para a cidade preocupados, cheios de compromissos e, ao contrário do que sempre acontece, não pretendíamos perder tempo pelo caminho. Meu amigo Otto tinha de passar na Faculdade de Filosofia para transmitir um recado e, como eu dispusesse de meia hora, resolvi acompanhá-lo.

Realizava-se no momento uma conferência, e a pessoa que ele procurava estava lá dentro, sentada ao lado do conferencista. Sugeri-lhe que se aproveitasse do pasmo das alunas ao ouvir o homem exclamar, dedo em riste: "São Tomás de Aquino chegou a ser excomungado!" e entrasse na sala para transmitir o seu recado. Acabei deixando-o indeciso junto à porta e fui para o pátio.

Dois meninos, sujos e descalços, jogavam bolinha de gude: um mais alto, com um sorriso a que faltavam dois dentes, e outro pequenino e mirrado, cabeça raspada e olhos postos na bola, numa obstinação de quem há de ganhar ao menos uma partida. Otto, já livre de sua incumbência, se aproximou e ficamos a observar o jogo. Notamos desde logo a superioridade do jogador mais velho, de técnica apurada, maior precisão nos lances iniciais, grande senso de oportunidade nas cricadas e muita prudência ao evitar as armadilhas do papão ao se aproximar da birosca. Em dado momento uma pergunta nossa sobre a variante técnica de palmo e meio em vez de um palmo, usada pelo menorzinho, atraiu para nós a atenção dos contendores.

– Dou de lambujem – explicou o mais velho. – Ele está perdendo e disse que eu levo vantagem porque a mão dele é miudinha. Então eu dou pra ele mão e meia, mas só no batizado. Nem assim ele ganha.

Botou a patinha na terra, marcou meticulosamente a distância e cricou o outro; depois mudou de ângulo por causa de um tufo de grama, papou a primeira birosca, tornou a cricar. Papou a segunda, de uma jogada direta foi espetacularmente à terceira e, já papão, deu com desprezo chance ao outro de se aproximar. O outro caiu na armadilha: em vez de tentar o batizado diretamente, quis tecar, e acabou morrendo uma vez, morrendo a segunda, para, vítima de cricada magistral, morrer definitivamente nas garras do adversário. Sem ser batizado.

– Querem uma dupla? – convidou-nos o vencedor, irônico, com ostensiva superioridade a tripudiar sobre a derrota do outro, que nos olhava aparvalhado. Aquilo feriu nossos brios. Aceitamos, mas sob condições: só seria permitido o galeio de recuo, quem morresse na birosca seria eliminado, não concedíamos mão e meia nem antes nem depois do batizado. Eles concordaram, depois de breve confabulação, e o maior falou para o menor:

– Dá as riscadinhas para eles, Zé.

Zé meteu a mão no bolsinho da calça e tirou um punhado de bolas, de mistura com um canivetinho enferrujado, uma bala de chocolate já meio derretida e um toco de lápis vermelho. Separou cuidadosamente as riscadinhas e nos entregou.

Foi dada a saída e desde logo se evidenciou a superioridade deles, inclusive o pequenino, que tacitamente havíamos considerado já no papo, ao aceitar o desafio. Meu amigo foi infeliz na saída, por causa de uma pedrinha que desviou o curso da bola e quase morreu na segunda birosca, praticamente antes de começar. O que seria a suprema das vergonhas. Mas uma infelicidade de seu adversário, perdendo o batizado por estupidez que ele mesmo se encarregou de amaldiçoar com um palavrão, equilibrou o jogo, mandando-me para a birosca inesperadamente, em abençoada carambola.

Foi a vez do pequenino que, ainda pagão, deu de passagem uma fabulosa cricada no meu parceiro, atirando-lhe a bola à distância. E ainda foi à birosca. Soltei uma exclamação de entusiasmo, mas meu amigo protestou:

— Não vale! Ele ainda era pagão! Não vale tecar sem cair antes na birosca.

Ao que o menino mais velho redarguiu alegando, com perdão da palavra, que não valia cagar regra.

— Não fala bobagem não, menino. A regra é essa mesmo.

Descobrimos então, para nosso pasmo, que eles chamavam a birosca de "búlica", ou "búrica" – ou outro nome assim de nobre origem etimológica, influência talvez da proximidade da Faculdade de Filosofia. A palavra *birosca* lhes despertava mesmo sorrisos maliciosos, dando-nos a certeza de que se tratava de pornografia nova, escapada ao nosso vocabulário infantil. Havia ainda outras variantes na terminologia deles, que já não era a mesma de nosso tempo: assim, a "cricada" era para nós apenas a tecada final, que assegurava a vitória, e não todas elas, como eles vinham usando. (Entretanto, agora verifico no dicionário que nós é que usávamos o termo lídimo: "tecar" ele registra e "cricar" não registra.)

— Então começa de novo.

Recomeçou o jogo. Agora, depois do incidente, era a nossa honra que jogávamos. De repente vi meu amigo se transfigurar, como se a própria infância nascesse dos olhos cansados, dando-lhes aquele brilho de que só são capazes as alegrias puras. E dando-lhe jogadas magistrais. Em pouco tempo um dos adversários (o pequenino) liquidoume, depois de armar-me cilada, o safadinho, fingindo errar a pontaria duas vezes, e morri pagão. Mas meu parceiro, papão de primeira, matou-o a mais de quatro metros, numa esplêndida jogada de galeio (com recuo). Não podia conter seu entusiasmo:

— Sabe? Eu ainda sou dos bons!

Por pouco não põe tudo a perder, numa jogada imprudente que o deixou perto do outro. Agora se perseguiam ao longo do jardim, e o outro, já nervoso, errou e tornou a errar. Então meu amigo liquidou-o sem dó nem piedade numa cricada definitiva, que significava mais uma bola conquistada para a coleção. Ergueu-se e, se tornando adulto com um pigarro, sacudiu a poeira das mãos. Os meninos o olhavam, admirados; devolveu-lhes as bolas, num belo gesto de desprendimento, não queria ficar com elas. E puxou-me pelo braço, modestamente:

— Vamos, não é? Está ficando um pouco tarde.

Perdêramos naquilo toda a manhã e os compromissos atrasados se acumulavam. Fiz-lhe ver minha apreensão, enquanto saíamos apressadamente, mas ele me assegurou que não tinha importância, o dia estava ganho, nossa vitória tinha sido insofismável.

39
Lugar reservado

Cheguei ao aeroporto, em São Paulo, à uma da tarde. O próximo avião para o Rio seria o de uma e meia.

— O de uma e meia está lotado. Só no das duas e meia.

Marquei a passagem para o das duas e meia, e fiquei banzando por ali, fazendo hora. Às duas e vinte me encaminhei para o embarque.

Encontrei o Silveira Sampaio aguardando alguma desistência. Sempre encontro o Sampaio nessas ocasiões:

— Está lotado — me disse a funcionária da companhia: — Não tem mais lugar.

— Não tem para ele, evidentemente — concordei, apontando o Sampaio: — Estou com a passagem marcada, olha aqui o meu cartão de embarque.

Outro funcionário se aproximou, tomando-me pelo braço com delicadeza, como se enquanto falava pretendesse afastar-me do portão de embarque:

— Alguma confusão, com certeza, cavalheiro. O senhor vai no próximo. Arranjamos uma cortesia.

— Cortesia é me deixar embarcar. Estou aqui desde uma hora! Com licença.

Eu tinha mesmo de estar no Rio até quatro da tarde. Havendo já desistido, o Sampaio ria-se à minha custa:

— Olha lá a cortesia: já vão tirar a escada.

— Minha mala já está lá dentro.

— A mala vai na frente — sugeriu o funcionário, e ousou sorrir: — O senhor vai no próximo.

— Alguém embarcou no meu lugar. Ele que vá no próximo, esta é boa! Eu tenho lugar reservado.

O funcionário, intimidado, acabou indo lá dentro do avião para buscar o passageiro.

— Quero só ver a cara dele ao descer — disse o Sampaio, às gargalhadas, colocando-se em posição estratégica. Eu não via motivo para graça. Já arrependido, fiquei de costas para o avião: minha esperança era de que pensassem ser o Sampaio o importuno.

Olhei com o rabo do olho e vi surgir no alto da escada a aeromoça, segurando uma gaiola. Depois o funcionário, segurando um jacá. Atrás dele o passageiro.

– Olha só! – exclamou o Sampaio, estourando de rir. – Não sei como você tem coragem.

Era uma velha! Uma pobre velhinha. Senti o coração apertar dentro do peito. Ela parou no alto da escada, meio desorientada, sem saber direito o que estava acontecendo. Desceu, e o próprio Sampaio, para acabar de liquidar-me, deu-lhe o braço, como se fosse sua vovozinha. Recuar, agora, não era mais possível. Impaciente, o piloto aguardava que eu embarcasse para dar partida. Subi a escada e entrei com ar de cachorro que quebrou a panela. Os demais passageiros me olharam com indiferença, mas julguei ver neles uma indisfarçável indignação. Este avião vai cair – concluí, já sentado, colocando o cinto de segurança com mãos nervosas: eu tenho lugar reservado é no inferno! Devia ter desistido: além do mais, pensando bem, não tinha nada de realmente importante a fazer no Rio naquele dia.

Nem nos dias seguintes – senão pensar com remorso na velhinha que ficou em São Paulo.

40
Fantasmas de Minas

Tão logo Scliar soube que eu pretendia passar o carnaval em Ouro Preto e não conseguira hotel, amavelmente ofereceu-me sua casa. É uma linda casa, informou com ar matreiro.

Tão matreiro que dava até para desconfiar. Mas eu já ouvira falar na casa, do tempo em que Marchette morava lá e passava o dia pintando seus belos quadros de fundo verde-escuro. O próprio Scliar retratou recentemente, numa sucessão múltipla de lindos quadros, 180 graus da paisagem de Ouro Preto vista da janela da casa. E eu sabia que Vinicius, entre outros, costumava passar longas temporadas hospedado lá. Uma casa de artistas, portanto. Não havia por que desconfiar.

E lá fui eu, serpenteando pelas longas estradas de Minas. Passei Juiz de Fora, Barbacena, Santos Dumont – quando dei por mim Belo Horizonte já estava pintando e nada de Ouro Preto. Parei num posto de gasolina.

– Pode me informar se já passei a estrada de Ouro Preto?

O mineiro coçou a cabeça, cauteloso:

– É conforme, moço: de que lado ocê tá vindo?

MINHA PRIMEIRA desconfiança surgiu diante do portão: enorme, enferrujado como o de um cemitério do interior, fechado a cadeado com duas correntes, sinistro dentro da noite que baixara. E atrás dele não havia casa alguma.

– Pula o muro – sugeriu um menino, morador nas vizinhanças. – É assim que o caseiro faz.

O muro de pedra era realmente baixo e fácil de ser pulado. Então para que portão? – me perguntei, depois de seguir a recomendação do menino.

Não tive tempo de me perguntar mais nada: de súbito me vi despingolando pirambeira abaixo, tropeçando no calçamento de pedras irregulares, mergulhando na escuridão como nas profundas dos infernos. Consegui afinal frear o corpo diante de uma pontezinha de madeira envolta em sombras – e divisei a casa, do outro lado, encravada no meio da encosta, portas e janelas fechadas. Tudo às escuras, sem o menor sinal de vida. O caseiro, onde estaria o caseiro? Pelo sim pelo não, resolvi voltar – e voltar correndo, escarpa acima, antes que as sombras me engolissem. Cheguei ao portão botando o coração pela boca.

O mesmo menino me ensinou onde morava o caseiro – e em pouco a mulher do caseiro vinha abrir a casa para que eu me instalasse.

Pairava nos quartos fechados um ar de cinco meses atrás. Preferi um, de cima, instintivamente recusando a sugestão da caseira, segundo a qual Vinicius costumava ficar num de baixo: o acesso a ele se fazia por uma escada apertada e lúgubre como as que levam às masmorras de um castelo.

– Não deixe de trancar bem as portas – recomendou a mulher. E me entregou à minha própria sorte.

Nessa primeira noite atribuí o sussurro de vozes no porão ao vento que soprava lá fora; o ruído de portas que se abriam e se fechavam, a estalos de madeira velha; os passos no corredor, aos excessos de minha mórbida imaginação. A manhã veio me encontrar insone, mas lépido e fagueiro como um ressuscitado. A luz do dia reintegrava a casa em seu contexto, harmoniosamente recomposta na paisagem de Ouro Preto, como me haviam antecipado: realmente uma bela casa antiga.

Talvez um pouco mais antiga do que eu desejaria.

Mas o que não é antigo na antiga Vila Rica? O Pouso de Chico Rei, por exemplo, onde fui recebido de maneira fidalga com um excelente almoço, é um modelo de bom gosto em matéria de antiguidade. Lá encontrei toda uma equipe de cinema, empenhada na filmagem daquela história de Drummond sobre a moça que recolhe uma flor num sepulcro e à noite recebe telefonemas sepulcrais.

Por causa do carnaval, os guardas impedem a passagem dos carros nas ruas do centro, o jeito é mesmo ir a pé. E tome ladeira. Há quem sugira que a melhor maneira de subir é de costas, para se ter a ilusão de estar descendo. E o carnaval comendo solto na cidade, com bumbos e zabumbas tocando zé-pereira noite adentro. Só que isso não tem nada a ver com Ouro Preto.

Então me recolho à minha tebaida. Transponho pesado portão de ferro e vou escorregando ladeira abaixo, tropeçando na escuridão. A ponte de madeira, pude verificar durante o dia, se lança sobre uma grota abismal onde reside há milênios um dragão de sete cabeças. Agora à noite ele só espera que eu cruze a ponte para reduzir-me a cinzas com um jato de fogo saído de uma das suas sete bocarras.

Mal ouso iniciar a travessia, percebo que a janela do andar inferior – o tal quarto do Vinicius – está acesa.

– Hoje vai ter festa no porão – concluo.

Entrei pela cozinha e tranquei a porta, como se nada estivesse acontecendo. Mas quem é que era homem de ir lá embaixo apagar a luz que eu não havia acendido? Tendo verificado que as portas e janelas cá em cima estavam devidamente fechadas, resolvi ignorar o que se passava lá embaixo.

Quando já me recolhia ao quarto, eis que de novo é posta à prova a minha natureza de homem: eu não podia mais de tanta sede.

Como negar água aos que têm sede? Revesti-me de bravura e fui à cozinha tomar um copo d'água.

Somente quando vinha voltando é que as janelas e portas da sala me chamaram a atenção. Estavam abertas. Escancaradas.

Não pensei duas vezes:

– Vou-me embora daqui e é já – decidi.

Nunca uma decisão judiciosa como essa foi tão prontamente cumprida.

Os FANTASMAS de Minas! Em Tiradentes o do padre Toledo passeia pelo imenso casarão onde ele morou, hoje transformado em museu. Não se vê viva alma pelas ruas: a cidade muito quieta sob o sol, caiada de branco como um sepulcro, tudo parado nas ruas mortas. Resolvo seguir viagem, e sem olhar para trás, para não me transformar em estátua de pedra-sabão.

Em Congonhas o que há é a igreja sob a guarda de seus doze Profetas. Doze fantasmas? Em voo lento, um urubu risca o azul do céu. Tudo quieto aqui embaixo, parado, em suspenso. Até aqui não chega a confusão do mundo. Saí do mundo. O tempo parou. Projetados contra o céu, eles são, como afirmou o poeta, "magníficos, terríveis, graves e ternos", "nesta reunião fantástica, batida pelos ares de Minas".

E em Belo Horizonte o fantasma sou eu próprio. Procuro nestas ruas mal-assombradas a cidade invisível onde vivi até a juventude. Ao dobrar uma esquina, esbarro com o fantasma de um jovem de vinte anos.

De regresso ao Rio, sinto na estrada que alguma coisa me acompanha: alguma coisa feita de ar e imaginação, que não é propriamente um fantasma, mas o espírito de Minas a impregnar-me de passado e de eternidade. E acelero, confortado, em direção ao futuro.

41
Rua 42

Ainda me lembro de *Rua 42*, um filme musical de sucesso no meu tempo de menino. Hoje, *Rua 42* é também um musical de sucesso, mas desta vez em forma de espetáculo teatral. Estando em Nova York, evidentemente não podemos perder.

O teatro, para variar, é na Rua 44. Entramos na fila da bilheteria e conseguimos o que há de melhor – devido, certamente, a alguma desistência: dois ingressos na sétima fila, para quarta-feira próxima.

Chegado o dia, rumamos para o teatro, vamos logo buscando nosso precioso lugar.

Que, para surpresa nossa, já está ocupado por um casal.

A indicadora, uma gorducha de ar decidido, chama a atenção dos dois, exibindo nossos bilhetes. Em resposta, o homem, em vez de sair dali com sua mulher, como era de se esperar, com ar ainda mais decidido exibe os seus. A gorducha examina atentamente uns e outros, para verificar, atônita, que são rigorosamente iguais, para as mesmas poltronas.

O homem, um grandalhão truculento, cruza as pernas como quem está se lixando, daqui não saio, daqui ninguém me tira. E nós em pé, esperando. Teatro lotado, espetáculo para se iniciar de um minuto para outro.

A indicadora, intransigente, resolve decretar:

– Os senhores vão ter que decidir isso com o gerente, Mr. Robinson, na bilheteria.

E nos devolve os bilhetes. O homem se levanta bruscamente, chego a pensar que haja mudado de ideia e vá me ceder o lugar. Em vez disso, ordena à companheira que não se levante de jeito nenhum, e sai pelo corredor afora, dizendo para quem quiser ouvir que vai apenas ensinar uma lição ao gerente, Mr. Robinson, na bilheteria. Não tendo mais nada a fazer, seguimos atrás.

Há pessoas que têm o dom de inspirar-me uma fulminante simpatia à primeira vista – quase sempre, aliás, injustificada. Não foi, evidentemente, o caso do impulsivo espectador que me precedeu, indo ao encontro de Mr. Robinson, o gerente, para ensinar-lhe uma lição, mas o deste, ao abrir a porta para atendê-lo. Pelo modo vagamente perplexo com o qual Mr. Robinson passa a encarar o impasse que o outro, furibundo, lhe apresenta, farejo logo uma solidária compreensão para a causa dos oprimidos, que o torna passível de ser conquistado para a minha. Porque o opressor é obviamente o outro, já me apontando como um usurpador e a vociferar para Mr. Robinson:

– Não serão estes aqui que hão de tomar o nosso lugar. Não tenho culpa se o teatro vende o mesmo bilhete duas vezes para faturar em dobro. Além do mais, quem comprou primeiro fui eu.

As duas últimas afirmações me deixam mais perplexo que Mr. Robinson. Como é que o homem pode saber que seus ingressos foram comprados primeiro, se não sabe quando compramos os nossos? E como é que o teatro haverá de se arranjar, vendendo o mesmo lugar duas vezes para faturar em dobro? Sentando os espectadores no colo uns dos outros?

É isso, aliás, o que Mr. Robinson corre o risco de acabar sugerindo para o nosso caso, já que o homem, entre impropérios cujo sentido não alcanço, está ameaçando aos berros processar o teatro, em defesa dos seus direitos. Por pouco não perco eu próprio a esportiva, indo-lhe logo às fuças em defesa dos meus. Mas a velha prudência mineira fala mais alto.

E bem ando, pois logo o gerente lhe pede em tom conciliador que o deixe examinar melhor os bilhetes. O homem se recusa, dizendo que não confia seus bilhetes a ninguém. Adianto-me então, e confio-lhe os meus – confiança que, espero, virá pesar a meu favor na decisão final.

O gerente se tranca na bilheteria e em menos de um minuto torna a sair, olhando-nos com um sorriso consternado:

– Os senhores vão me desculpar, mas olhem aqui: os seus ingressos não são para a sessão de hoje e sim para a de ontem.

Sem esperar mais nada, o outro vai-se embora em direção à plateia, gesticulando o seu protesto. A campainha anuncia o início do espetáculo. E nós ali, sem saber o que dizer.

– Foi engano da bilheteria – procuro ainda uma saída: – Pedimos para hoje, quarta-feira...

Era inútil: não havia como deixar de reconhecer o nosso engano. Nem seria preciso que o gerente confirmasse, num tom indulgente:

– Só que hoje é quinta-feira.

Embora lastimando muito, Mr. Robinson acrescenta, de maneira categórica, que nada pode fazer por nós. Manifestamos a nossa disposição de comprar novos ingressos, até mesmo de balcão nobre – quanto mais não seja, para lá de cima cuspir na cabeça do homem da sétima fila. Pura fantasia minha, o teatro está completamente lotado, não há um só lugar disponível.

Saímos sem ver o espetáculo – o que afinal de contas não deve ter sido assim tão grave, pois já vi o filme no meu tempo de menino. Se bem me lembro, não era lá essas coisas.

42
O pintor que pintou Maria

Há um momento em que a tradicional eficiência do inglês emperra, não vai para a frente – ali pelas alturas do mineiro ou do oriental.

Como os chineses e os mineiros, que são os povos mais civilizados do mundo, os ingleses aqui em Londres praticam a virtude de deixar para amanhã o que se pode fazer hoje, suma da verdadeira sabedoria de viver. E mão de obra caprichada é coisa para subdesenvolvidos.

Hoje pela manhã vi lá do outro lado da rua um pintor de boné, no alto de uma escada, pintando a fachada de um edifício. É uma fachada enorme e ele não vai acabar tão cedo. Ainda assim, deu meia dúzia de pinceladas preguiçosas, coçou a cabeça, olhou para baixo, resolveu descer. Durante algum tempo o vi na esquina, fumando um cachimbo e apreciando o movimento. Depois, ficou andando de um lado para outro na calçada, como se esperasse alguém, um auxiliar talvez. Nada disso – agora, enquanto escrevo, vejo-o de novo no alto da escada, exatamente no mesmo lugar, e pronto: acaba de dar por encerrada a tarefa do dia. Não pintou meio metro.

A CASA EM QUE vim morar foi recentemente pintada, embora pareça estar precisando de uma boa pintura: os pintores, que devem ter-se empenhado na tarefa durante alguns anos, não puseram atenção nas portas e janelas, foram pintando tudo que encontravam pela frente – menos, é lógico, a parede debaixo dos quadros mais pesados.

Como resultado, algumas portas não se fecham e não há janela que se abra. Consegui descobrir o responsável pelo trabalho e lhe pedi que viesse aqui para acabar o serviço.

– Mas o serviço já foi acabado – estranhou ele.

Como eu insistisse, prometeu mandar alguém, fiquei esperando. Há dias me apareceu à porta um velho de sobretudo e chapéu, com ares de membro do Parlamento, ainda que trabalhista. Era o pintor.

– As janelas não se abrem – expliquei. – O óleo colou tudo, endureceu as dobradiças.

Ele me olhou com estranheza e me perguntou por que eu queria abrir as janelas. Argumentei que as janelas foram feitas para se abrirem e se fecharem quando bem quiséssemos. Ele me olhava, estupefato, como se eu fosse doido. Acrescentei que as portas também existem com a mesma finalidade, e algumas, na minha casa, não se fechavam senão à mercê de violentos trancos que ameaçavam botar a casa abaixo.

– Ficam maiores depois de pintadas – ponderou ele, gravemente.

– Além do mais, esta pintura, o senhor vai me perdoar, mas uma nova mão de tinta não iria nada mal.

Ele examinou detidamente as paredes, portas e janelas, disse que minhas observações eram muito interessantes, prometeu fazer alguma coisa pelo meu caso. E foi-se embora.

Quinze dias depois me apareceu um cidadão se dizendo auxiliar do pintor:

– Vim aqui para fazer o serviço – declarou.

Não trazia consigo nem tinta nem pincel para fazer nenhum serviço. Limitei-me a falar nas janelas:

– Não consigo abrir nenhuma: só a dinamite.

Deixei que ele corresse a casa, examinando tudo. Ao fim, voltou à minha presença:

– Quanto à pintura, vamos ver o que se pode fazer: vou mandar meu auxiliar aqui qualquer dia desses.

– E quanto às janelas? – perguntei, desalentado.

Ele ergueu os ombros e sacudiu a cabeça, dizendo que, quanto às janelas, sentia muito, mas não podia fazer nada.

– Por quê?

– Porque elas não se abrem – explicou, a cara mais séria deste mundo.

43
Acredite se quiser

Eu bem vi que não dava tempo de passar – foi tudo que pensei, quando me tonteou o estrondo da colisão. Fui violentamente projetado para um lado e para outro. O táxi rodava, eu rodava dentro dele, a almofada do banco ora na minha cabeça, ora nos meus pés. Nem sabia mais se o carro é que capotava, ou a terra lá fora é que girava doidamente em sentido contrário, ou eram meus olhos que giravam soltos dentro das órbitas.

De repente tudo ficou imóvel.

O motorista gemendo baixinho de cabeça para baixo, e eu ali, sentado no que vinha a ser o próprio teto do automóvel. Pelas janelas espatifadas via várias pernas se acercarem correndo. Ouvia indistintamente um rumor de perguntas, uma voz se destacando: tem alguém aí atrás? O chofer está vivo, mas tem alguém aí atrás? Não pode ser, já deve estar morto.

Apalpei instintivamente os bolsos, à procura de um cigarro. Não encontrando, resolvi que o melhor era tentar sair dali. Uma estreita passagem se abria ao fundo do carro – pareceu-me ser a própria mala, aberta por detrás do estofamento com a violência do choque. Em verdade eu me esgueirava era pela janela traseira, agora ao nível do chão e já sem o vidro, que se soltara intacto. O carro estava de rodas para o ar.

Não sabia de onde vinha nem para onde ia – já fora do carro, erguendo-me como um ressuscitado. Só sabia que era de noite e eu estava em Copacabana. Ninguém me deu atenção. Todos se voltavam para o local do desastre, onde uma multidão já se formara. Encostei-me a uma parede completamente tonto, ouvindo dois homens afirmarem, entre comentários assustados, que o chofer já estava sendo retirado, sofrera fratura das pernas, mas que o passageiro continuava preso entre as ferragens: a gasolina vazava do tanque, o carro podia incendiar-se a qualquer momento. Era inacreditável, mas ninguém me vira sair.

Caminhei um pouco, ainda às tontas, entrei por um beco, dei afinal com o toldo familiar de uma boate que costumava frequentar. Fui entrando, busquei diretamente o toalete, onde passei água no rosto, examinei-me com cuidado – nem um arranhão. Eu apenas havia nascido de novo, concluí, endireitando a roupa, e fui sentar-me numa das mesas, pedi um uísque.

Foi então que apareceu o Silveira Sampaio. Ao ver-me, ele sentou-se comigo e perguntou o que havia de novo, depois de encomendar o jantar. Mal pude responder. A emoção sofrida voltava, redobrada, quase me tirando a fala:

– Sampaio – balbuciei enfim, depois de um longo silêncio: – Acabo de escapar da morte por um fio.

Já com o jantar à sua frente, ele deteve o garfo no ar, à espera da graça. Como não viesse graça nenhuma, pôs-se a comer, impassível.

– Palavra de honra, Sampaio. Estou vivo por um milagre. O táxi cortou a frente do ônibus, rodou no ar assim, assim e assim! Três vezes! Não dava para sair ninguém vivo lá de dentro.

– Tome outro que você melhora – sorriu ele, vendo que eu terminava sofregamente o meu uísque.

– O tanque de gasolina vazou e eu ali dentro procurando um cigarro! Já pensou? Era só riscar o fósforo e pum! explodia tudo.

– Pum! – imitou-me ele, a rir, e voltou a comer, despreocupado.

– Você não está acreditando, mas olha só como estou – e mostrei-lhe as mãos, que ainda tremiam.

– Quantos você já tomou? – e ele me olhava, agora um pouco apreensivo.

Cada vez mais excitado, eu descrevia em palavras confusas o desastre, com minúcias terríveis, falando sem parar. Era já de madrugada quando ele me tomou pelo braço, absolutamente insensível ante o meu relato:

– Venha comigo que eu levo você em casa. Com um pouco de ar puro você melhora.

– Eu podia ter morrido, Sampaio.

– Eu sei, você me disse.

– O carro rolou, rolou, acabou de pernas para o ar.

– De pernas ou de rodas?

– Você está pensando que foi uma batidinha vagabunda? Você...

Calei-me, ressentido com sua indiferença. Pensei mesmo em recusar a carona que ele me oferecia, tomar um táxi. Mas só de pensar noutro táxi, senti um arrepio na espinha.

– Então vamos.

Entramos em seu carro, que era um pequeno conversível. Mal dobramos a esquina, porém, ele diminuiu a marcha:

– Meu Deus, o que é aquilo ali? – e apontou, boquiaberto, o táxi de rodas para o ar que algumas pessoas ainda rodeavam.

– Pois é – limitei-me a retrucar.

Ele me olhava, olhava o carro, tornava a me olhar:

– Não vai me dizer...

– Pois é – repeti, displicente.

Aos poucos ele começava a compreender:

– Não é possível. Não posso acreditar. Vamos lá que eu quero ver de perto.

Deixamos o carro junto ao meio-fio e fomos lá para ver de perto. Entre os curiosos corriam comentários:

– Dizem que tinha um passageiro aí atrás.

– Humanamente impossível, olha aí: não sobrou espaço.

– Ainda estaria esmagado aí dentro: não tinha como sair.

– Só se fosse um anão.

– Olha o sangue no banco da frente: não deve ter sobrado ninguém vivo.

Sampaio agachou-se para olhar melhor. Depois se voltou para mim, estarrecido, como se eu fosse um fantasma:

– Quer dizer que você... Aí dentro? Por onde você saiu? Me desculpe, mas não acredito.

– Pois então não acredite.

Em todo caso, acreditando ou não, pedi-lhe que fizesse o favor de apanhar discretamente, ali entre os destroços, caída do meu bolso, nada mais nada menos que a minha própria carteira de identidade.

44
Éramos três amigos

Acabo de sair de uma loja de móveis usados, no Catete. Está chovendo. Detenho-me na calçada, indeciso entre tomar um táxi ou me abrigar sob a marquise. Meus olhos dão com uma janela de grades enferrujadas como as de uma prisão. Vejo lá dentro uma espécie de refeitório um pouco abaixo do nível da rua. Deve ser uma velha pensão ou hospedaria. Na mesa sob a janela, alguém me atrai a atenção.

ÉRAMOS TRÊS amigos. Helvécio, companheiro de infância, havia feito comigo o curso de CPOR em Belo Horizonte. Agora enfrentávamos o estágio no Esquadrão de Cavalaria de Juiz de Fora. A nós se agregara um conterrâneo, conhecido nosso, a quem chamarei Lúcio, e que estagiava no Regimento de Infantaria. À noitinha, finda a instrução, nos encontrávamos no hotel que nos hospedava, os três no mesmo quarto. Tirávamos a farda e, extenuados, ficávamos aguardando a hora do jantar. A vida em comum estabelecia intimidade e entre nós não havia reservas nem segredos. Éramos três amigos, vivendo juntos a desventura do serviço militar.

Costumávamos passear pela cidade depois do jantar e geralmente acabávamos no cassino. À falta de que fazer, nos distraíamos arriscando a sorte no jogo, então em pleno funcionamento. Não raro acontecia a um de nós deixar na roleta todo o nosso valioso dinheirinho, e ter de se socorrer, sem a menor cerimônia, da melhor sorte dos outros dois. E assim íamos vivendo. Éramos três amigos.

Naquele dia Helvécio e eu havíamos recebido nosso soldo de aspirantes, que mal dava para a gente ir se aguentando ao longo do mês. Não sei onde guardei o meu: provavelmente no bolso do culote, atirado sobre a cadeira. Helvécio deixou o dele em cima do criado-mudo. Lúcio, que recebera dias antes, lembro que ainda gracejou conosco sobre as vantagens da Infantaria, mais pontual nos pagamentos. E assim nos distraíamos, atenuando o tédio da vida que levávamos. Éramos amigos e nos entendíamos. Se, como no poema do Mário de Andrade, uma mulher entrasse... Entrou coisa pior.

Eu já cochilava quando Helvécio me sacudiu pelo braço:

– Deixe de brincadeira.

– Que foi?

Notei de relance que Lúcio dormia, alheio a tudo.

– A minha grana que você escondeu. Quer me matar de susto?

Olhei para o criado-mudo: o dinheiro havia desaparecido.

– É o tipo da brincadeira que eu não faço. Meu pai me ensinou que com dinheiro não se brinca.

– Então é coisa ali do pé de poeira.

Lúcio foi acordado com um safanão:

– Vamos, ó parasita da nação: solta a grana.

Ele também negou que tivesse tocado no dinheiro. Entre gracejos, nos vestimos para jantar.

– Um dos dois vai ter mesmo que me devolver, mais cedo ou mais tarde – dizia Helvécio. – Ou então me sustentar até o fim do mês, não faço a menor questão.

Durante o jantar, Lúcio e eu levantamos a hipótese de ter o próprio Helvécio escondido o dinheiro:

– Só para nos sacanear.

Isso lhe trouxe a desconfiança de que a brincadeira fora feita de comum acordo entre nós dois.

Voltamos ao quarto, e já então ninguém estava brincando mais.

– Vocês juram que não estão de molecagem comigo?

– Eu não ia fazer uma coisa dessas, já falei.

– E eu muito menos. Não gostaria que fizessem comigo.

– Então entrou alguém no quarto enquanto dormíamos – ele concluiu.

Fomos ao gerente do hotel e lhe expusemos a situação. Ele nos olhava, cético:

– A arrumadeira é de toda confiança, está conosco há muitos anos. Não ia entrar no quarto. Algum ventanista, talvez.

E resolveu chamar a polícia.

VEIO UM VELHO investigador, ouviu a nossa história, examinou o quarto. A janela era alta, dificilmente alguém entraria por ali, comentou. Mas tudo era possível. E se trancou com o gerente.

O gerente mandou chamar Helvécio para uma conversa a sós. Nosso companheiro voltou meio pálido e desconversou, quando o abordamos:

– Se não é mesmo brincadeira de vocês, dou o caso por encerrado, e acabou-se.

O gerente mandou me chamar.

– Olha, vou ser franco com o senhor. O investigador é taxativo: ninguém mais entrou naquele quarto. A coisa está mesmo entre os três.

– Entre os dois, então – respondi, alarmado: – É lógico que Helvécio não ia roubar a si mesmo.

– Ninguém falou em roubo – condescendeu o gerente. – Pode se tratar ainda de uma brincadeira.

– Deus queira que seja.

Saí dali para que Lúcio entrasse e tivesse com ele a mesma conversa. Também voltou alarmado:

– Se for brincadeira, já passou dos limites.

Deixando Helvécio a sós no quarto, arrastei Lúcio para a rua:

– Vamos botar um paradeiro nisso.

Ele aguardava, me olhando sério e grave, com seus olhos azuis muito claros.

– A coisa está mesmo entre nós dois.

Propus então um plano: quando Helvécio saísse, cada um de nós iria sozinho ao quarto, e aquele que estivesse com o dinheiro enfiava-o debaixo da porta. Melhor que não entrasse, acrescentei, tentando ainda um tom brincalhão: podia sumir mais alguma coisa... Ele não achou graça, continuou sério.

Fizemos como ficou combinado, e o dinheiro não apareceu.

NAQUELA NOITE, constrangidos, pela primeira vez não saímos juntos. Cada um tomou seu rumo, circulando sozinho pela cidade. Eu quebrava a cabeça, tentando entender o mistério. Não podia desconfiar de Lúcio como ladrão, e muito menos que Helvécio estivesse levando a extremos uma brincadeira de mau gosto.

Voltei ao quarto tarde da noite. O dono do dinheiro me esperava, olhar estático, com um pedaço de papel na mão.

– Olha o que encontrei debaixo da porta.

Era um bilhete de Lúcio, pedindo perdão: dívida de jogo. Prometia pagar um dia e se despedia para sempre.

Desde então nunca mais o vimos.

CONTINUO A OLHAR pela janela da pensão. Na mesa sob a janela, tomando uma sopa em colheradas lentas, olhar perdido no espaço, um homem já meio idoso, magro e calvo, pobremente vestido... Sentindo-se observado, ele ergue os olhos – os mesmos olhos claros, o mesmo jeito manso no olhar, como o de um cão. Por um instante nos encaramos. Ele também deve ter me reconhecido, embora tantos anos hajam passado, pois baixa rapidamente os olhos e sua mão treme, ao repousar a colher no prato. Vacilo um instante, perturbado, pensando em abordá-lo. Mas antes que ele erga de novo para mim aquele olhar, prefiro me afastar da janela e enfrentar a chuva, à procura de um táxi.

45
Na escuridão miserável

Eram sete horas da noite quando entrei no carro, ali no Jardim Botânico. Senti que alguém me observava, enquanto punha o motor em movimento. Voltei-me e dei com uns olhos grandes e parados como os de um bicho, a me espiar, através do vidro da janela, junto ao meio-fio. Eram de uma negrinha mirrada, raquítica, um fiapo de gente encostado ao poste como um animalzinho, não teria mais que uns sete anos. Inclinei-me sobre o banco, abaixando o vidro:

– O que foi, minha filha? – perguntei naturalmente, pensando tratar-se de esmola.

– Nada não senhor – respondeu-me, a medo, um fio de voz infantil.

– O que é que você está me olhando aí?

– Nada não senhor – repetiu. – Tou esperando o ônibus...

– Onde é que você mora?

– Na Praia do Pinto.

– Vou para aquele lado. Quer uma carona?

Ela vacilou, intimidada. Insisti, abrindo a porta:

– Entra aí que eu te levo.

Acabou entrando, sentou-se na pontinha do banco, e enquanto o carro ganhava velocidade, ia olhando duro para a frente, não ousava fazer o menor movimento. Tentei puxar conversa:

– Como é o seu nome?

– Teresa.

– Quantos anos você tem, Teresa?

– Dez.

– E o que estava fazendo ali, tão longe de casa?

– A casa da minha patroa é ali.

– Patroa? Que patroa?

Pela sua resposta, pude entender que trabalhava na casa de uma família no Jardim Botânico: lavava roupa, varria a casa, servia à mesa. Entrava às sete da manhã, saía às oito da noite.

– Hoje saí mais cedo. Foi jantarado.

– Você já jantou?

– Não. Eu almocei.

– Você não almoça todo dia?

– Quando tem comida pra levar, eu almoço: mamãe faz um embrulho de comida pra mim.

– E quando não tem?

– Quando não tem, não tem – e ela até parecia sorrir, me olhando pela primeira vez. Na penumbra do carro, suas feições de criança, esquálidas, encardidas de pobreza, podiam ser as de uma velha. Eu não me continha mais de aflição, pensando nos meus filhos bem-nutridos – um engasgo na garganta me afogava no que os homens experimentados chamam de sentimentalismo burguês:

– Mas não te dão comida lá? – perguntei, revoltado.

– Quando eu peço eles dão. Mas descontam no ordenado, mamãe disse pra eu não pedir.

– E quanto é que você ganha?

Diminuí a marcha, assombrado, quase parei o carro. Ela mencionara uma importância ridícula, uma ninharia, não mais que alguns trocados. Meu impulso era voltar, bater na porta da tal mulher e meter-lhe a mão na cara.

– Como é que você foi parar na casa dessa... foi parar nessa casa? – perguntei ainda, enquanto o carro, ao fim de uma rua do Leblon, se aproximava das vielas da Praia do Pinto. Ela disparou a falar:

– Eu estava na feira com mamãe e então a madame pediu pra eu carregar as compras e aí noutro dia pediu a mamãe pra eu trabalhar na casa dela, então mamãe deixou porque mamãe não pode deixar os filhos todos sozinhos e lá em casa é sete meninos fora dois grandes que já são soldados pode parar que é aqui moço, obrigado.

Mal detive o carro, ela abriu a porta e saltou, saiu correndo, perdeu-se logo na escuridão miserável da Praia do Pinto.

46
Uma piada brasileira

Luís Paulo inventou de consertar um pequeno defeito em seu carro numa oficina em Richmond. Richmond, em relação ao centro de Londres, é onde o demo perdeu as botas. Luís Paulo sugeriu que eu fosse com ele e o Costa Neves, aproveitando a hora do almoço. O que vier eu traço. Fomos.

Não contávamos é que o defeito no carro fosse retê-lo na tal oficina, com uma perspectiva de duas horas de espera. O recurso, é óbvio, seria fazer hora num bar.

O bar, escolhido por acaso, para surpresa nossa era um dos mais antigos *pubs* de Londres, como viemos a saber mais tarde. Um desses que têm como selo da sua legítima tradição o fato, sempre enaltecido nos guias turísticos, de Dickens, Johnson ou Pepys o haverem frequentado em seu tempo. Esses três devem ter sido os mais completos exemplares de pau-d'água na sua época, a se julgar pelo número de *pubs* antigos ou pitorescos que em Londres ostentam, até mesmo em plaquinhas de bronze, a honra de os haver acolhido.

Como autênticos êmulos dos três, nos aboletamos numa mesa isolada ao centro do bar. Junto às paredes, as demais estavam ocupadas por fregueses taciturnos, uns de boné, outros de bigode, outros ainda de boné e bigode, bebendo cerveja em silêncio ou trocando murmúrios ocasionais, como num velório. Aqui e ali repontava uma calva ou um chapéu-coco. Pareciam, em semelhante compostura, tão pouco condizente com um bar, pretender que se elidisse sua presença, como a pedir desculpas de ocuparem lugar no espaço. Só nós três, escarrapachados à brasileira em torno à mesa e trocando comentários em voz alta, parecíamos felizes na nossa disposição de tomar também uma cerveja.

Disposição esta que foi logo estimulada pela ideia de preferirmos à cerveja um bom escocês, ali pitorescamente servido de imensos tonéis de madeira antiga, atrás do balcão. Nossa conversa se animava, na lembrança de velhos casos ou anedotas, e as gargalhadas se misturavam em alegre sucessão.

De repente Luís Paulo se calou, desconfiado. Eu também me calei, à espreita, e uma risada do Costa Neves morreu no ar.

– Que foi que houve? – sussurrei, apreensivo.

– Preste atenção – murmurou Luís Paulo, torcendo a boca e disfarçando com a mão.

– É por nossa causa – constatou Costa Neves, num sopro, lançando ao redor um olho cauteloso.

Parecia que uma presença misteriosa havia de súbito invadido o salão, inquietante, avassaladora, pairando no ar como o próprio fantasma do Dickens, do Johnson, do Pepys, ou dos três juntos. O silêncio que reinava agora no bar se abatia sobre nós, e todos os fregueses, sem exceção, tinham os olhos voltados para a nossa mesa. Nossas gargalhadas haviam perturbado a contenção ambiente, haviam interrompido sacrilegamente o ritual britânico que os demais cumpriam, caneca de cerveja à frente e a mente projetada no infinito. Éramos os intrusos, os barulhentos, os grossos. E a condição social dos demais fregueses, denunciada pelas suas roupas humildes, nem por isso deixava de humilhar-nos, como se fôssemos três bugres atirados de súbito em meio à mais requintada civilização. Constrangidos, pensaríamos até em sair, não fosse o que então aconteceu.

De um canto levantou-se um inglês alto, circunspecto, que, depois de alguma hesitação, traduzida em discretas consultas aos seus companheiros de mesa, veio caminhando solenemente em nossa direção.

– Bom dia – disse, numa mesura cuja polidez nos parecia já anteceder um convite para que nos retirássemos.

– Bom dia – respondemos a uma só voz, como num coro de subdesenvolvidos.

– Os senhores não me levem a mal, mas eu e ali os meus companheiros estávamos intrigados com o que os senhores diziam, numa língua que não entendemos, e que parecia ser tão engraçado. Pelo menos esta última: será que podiam ter a gentileza de traduzir para nós esta última?

Perplexos ante sua seriedade, não sabíamos o que dizer. A última a que ele se referia era uma piada brasileira, absolutamente intraduzível.

– *It is a brazilian joke* – arriscou-se afinal um de nós.

O homem explodiu numa inesperada gargalhada que nos deixou boquiabertos. Para ele, bastava: *wonderful! a brazilian joke!* e se contorcia de tanto rir. Mal pôde agradecer, e partia célere a comunicar aos demais:

– *It is a brazilian joke!*

Gargalhadas estouraram também em sua mesa e logo se alastravam pelas demais, à medida que a piada – *a brazilian joke!* – ia sendo passada de boca em boca. Em pouco, apenas nós três permanecíamos mudos de perplexidade, entre os olhares de solidária satisfação com que nos distinguiam.

Mais tarde, ao sairmos, meio ressabiados, ainda recebemos acenos de despedida, pela excelente piada que não chegáramos a contar. Certamente, para os ingleses, a melhor que não chegaram a ouvir, num bar, desde os tempos de Dickens e de Johnson. Ou de Pepys.

47
O afogado

— Vocês não souberam o que aconteceu com o carro dele?

Como nenhum de nós soubesse, pôs-se a contar-nos, excitado:

– Imaginem que tinha um sujeito se afogando na Praia de Botafogo e vários carros já haviam parado para ver. Ele parou atrás, junto à calçada. Então veio outro carro em disparada e bateu de cheio no dele.

– Estragou muito? – perguntou alguém da roda.

– Espere, não foi tudo: o dele, por sua vez, bateu no da frente. O da frente atropelou duas moças que iam passando. Elas ficaram feridas levemente, mas os carros ficaram completamente amassados. O dele, então, virou sanfona.

– Mas que azar! – comentou um, consternado.

– Logo aquele carro, novinho em folha! – disse outro.

– Pois foi isso: ficou em pandarecos.

– Então vai custar um dinheirão para consertar.

– Não tinha seguro? – tornou o primeiro.

– Ele não, mas o que bateu tem seguro contra terceiros: só que um seguro de cem mil não dá para cobrir o estrago de jeito nenhum.

– Além do mais, é um inferno tentar receber seguro nessas situações.

– Foi o que ele me disse. E tem os outros dois carros, que naturalmente vão pleitear parte desse seguro também.

– Mas se a culpa foi do outro, tem que pagar tudo.

– Até provar que a culpa foi do outro...

– Não houve perícia?

– Não, parece que não houve perícia.

A conversa prosseguiu entre comentários em que todos lastimavam a falta de sorte do amigo. Todos, menos eu, que me limitava a ouvir, pensativo.

– Você não disse nada – observou um deles.

É verdade, eu não disse nada, continuei calado. Não havia muito o que dizer além do que já fora dito pelos outros. Mas na realidade gostaria de saber o que foi que aconteceu com o homem que estava se afogando.

48
Como nasce uma história

Quando cheguei ao edifício, tomei o elevador que serve do primeiro ao décimo quarto andar. Era pelo menos o que dizia a tabuleta no alto da porta.

– Sétimo – pedi.

Eu estava sendo esperado no auditório, onde faria uma palestra. Eram as secretárias daquela companhia que celebravam o seu dia e que, desvanecedoramente para mim, haviam-me incluído entre as celebrações.

A porta se fechou e começamos a subir. Minha atenção se fixou num aviso que dizia:

É expressamente proibido os funcionários, no ato da subida, utilizarem os elevadores para descerem.

Desde os meus tempos de ginásio sei que se trata de problema complicado, este do infinito pessoal. Prevaleciam então duas regras mestras que deveriam ser rigorosamente obedecidas, quando se tratava do uso deste traiçoeiro tempo de verbo. O diabo é que as duas não se complementavam: ao contrário, em certos casos francamente se contradiziam. Uma afirmava que o sujeito, sendo o mesmo, impedia que o verbo se flexionasse. Da outra infelizmente já não me lembro: bastava a primeira para me assegurar que, no caso, havia um clamoroso erro de concordância.

Mas não foi o emprego pouco ortodoxo do infinito pessoal que me intrigou no tal aviso: foi estar ele concebido de maneira chocante aos delicados ouvidos de um escritor que se preza.

Ah, aquela cozinheira a que se refere García Márquez, que tinha redação própria! Quantas vezes clamei, como ele, por alguém que me pudesse valer nos momentos de aperto, qual seja o de redigir um telegrama de felicitações, ou um simples aviso como este:

É expressamente proibido os funcionários...

Eu já começaria por tropeçar na regência, teria de consultar o dicionário de verbos e regimes: não seria *aos* funcionários? E nem chegaria a contestar a validade de uma proibição, cujo aviso se localizava dentro do elevador, e não do lado de fora: só seria lido pelos funcionários que já houvessem entrado e portanto incorrido na proibição de pretender descer quando o elevador estivesse subindo. Contestaria apenas a maneira ambígua pela qual isso era dito:

... no ato da subida, utilizarem os elevadores para descerem.

Qualquer um, não sendo irremediavelmente burro, entenderia o que se pretende dizer neste aviso. Pois um tijolo de burrice me baixou na compreensão, fazendo com que eu ficasse revirando a frase na cabeça: descerem, no ato da subida? Que quer dizer isto? E buscava uma forma simples e correta de formular a proibição:

É proibido subir para depois descer.

É proibido subir no elevador com intenção de descer.

É proibido ficar no elevador com intenção de descer, quando ele estiver subindo.

Descer quando estiver subindo! Que coisa difícil, meu Deus. Quem quiser que experimente, para ver só. Tem de ser bem simples:

Se quiser descer, não tome o elevador que esteja subindo.

Mais simples ainda:

Se quiser descer, só tome o elevador que estiver descendo.

De tanta simplicidade, atingi a síntese perfeita do que Nelson Rodrigues chamava de óbvio ululante, ou seja, a enunciação de algo que não quer dizer absolutamente nada:

Se quiser descer, não suba.

Tinha de me reconhecer derrotado, o que era vergonhoso para um escritor.

Foi quando me dei conta de que o elevador havia passado do sétimo andar, a que me destinava, já estávamos pelas alturas do décimo terceiro.

— Pedi o sétimo, o senhor não parou! – reclamei.

O cabineiro protestou:

— Fiquei parado um tempão, o senhor nem se mexeu.

Os demais passageiros riram:

— Ele parou sim. O senhor estava aí distraído.

— Falei três vezes, sétimo, sétimo, sétimo! e o senhor não desceu – reafirmou o cabineiro.

— Estava lendo isto aqui – respondi idiotamente, apontando o aviso.

Ele abriu a porta do décimo quarto, os demais passageiros saíram.

— Convém o senhor sair também e descer noutro elevador. A não ser que queria ir até o último andar e na volta descer parando até o sétimo.

— Não é proibido descer no que está subindo?

Ele riu:

— Então desce num que está descendo.

— Este vai subir mais? – perguntei ainda: – Lá embaixo está escrito que este elevador vem só até o décimo quarto.

— Para subir. Para descer, sobe até o último.

— Para descer sobe?

Eu me sentia um completo mentecapto. Desci ali mesmo, como ele sugeria. Seguindo seu conselho, pressionei o botão, passando a aguardar um que estivesse descendo.

Que tardou, e muito. Quando finalmente chegou, só reparei que era o mesmo pela cara do cabineiro, recebendo-me às gargalhadas.

Cheguei ao auditório com quinze minutos de atraso. Ao fim da palestra, me fizeram perguntas, e alguém quis saber como nasce uma história. Comecei a contar:

– Quando cheguei ao edifício, tomei o elevador que serve do primeiro ao décimo quarto andar. Era pelo menos o que dizia a tabuleta no alto da porta.

49
Basta saber latim

A viagem de avião até Klagenfurt, no interior da Áustria, durou quatro horas e meia. Depois foram mais três horas de ônibus até cruzarmos a fronteira. E chegamos a Bled, uma pequenina cidade de veraneio à beira de um lago, num perdido rincão da Iugoslávia, onde se realizaria o congresso anual do Pen Clube. Eu fora incluído na delegação inglesa, já que morava em Londres – mas como brasileiro, é claro.

Era noite quando, já instalado no hotel, desci até a portaria e perguntei pelos outros. Perguntei em inglês. O gerente do hotel, também em inglês, me informou que os demais escritores tinham ido jantar no restaurante do lago, onde me aguardavam. Como eu iria até lá? – Fácil – disse ele com um sorriso: era só tomar um táxi ali mesmo na porta do hotel.

Sorriso irônico? sarcástico? ou apenas amável, com aquela amabilidade profissional dos gerentes de hotel? O certo é que senti naquele sorriso algo de estranho, que na hora não soube identificar, mas que mais tarde concluí ser um sorriso simplesmente diabólico.

Sim, tomei o táxi como ele recomendara – estaciona-do em frente ao hotel, como se estivesse ali especialmente para mim.

Não havia luz; só quando o carro já beirava o lago, e a lua estendeu sobre a água uma esteira luminosa, pude distinguir o motorista. Era uma mulher.

E que mulher! Vista por trás, parecia uma macaca: cabelos curtos, ombros largos, braços retesados segurando o volante. Uma espécie de uniforme de motorista dava-lhe um ar de sargento. Principalmente no instante em que se voltou para mim e desferiu uma pergunta em palavras duras como pedras. Claro que não entendi uma só.

– *Do you speak English?* – perguntei, no tom mais delicado possível.

Não, ela não falava inglês. Nem francês, nem italiano, nem espanhol. Ignorou minhas perguntas e continuou a insistir na sua. Eu me limitava a sacudir a cabeça, com um sorriso idiota, deixando claro que me era impossível entender. E ela a despejar palavras em cima de mim, não sei se em servo, croata, macedônio ou esloveno, que são as línguas oficiais da Iugoslávia, sem mencionar os inúmeros dialetos.

Acabei perdendo a paciência e respondendo em bom português:

– Não adianta, boneca: você pode falar o que quiser que está perdendo seu tempo.

Ela parou o carro, virou-se para trás e descarregou nova saraivada de sons guturais. Não deixei por menos:

– Toca esse carro, sargentão! Tem cabimento a gente ficar aqui parado no escuro?

Era uma espécie de estrada deserta, iluminada apenas pela lua sobre o lago. Ela não parecia querer sair dali. Certamente estava perguntando aonde eu pretendia ir – pensei então. Sejamos sensatos: há palavras que são internacionais. Restaurante, por exemplo, era uma delas – e não devia haver mais de um por ali:

— Restaurante — experimentei, escandindo as sílabas e variando a pronúncia: – Restorã. Réstr'an. Ristorante.

Ela ignorou o meu esforço e continuou parada. Outra palavra universal era hotel – como alternativa, ela poderia levar-me de volta:

— Hotel – falei então: – Hotel. Hótel. Hotele.

Nada. Ela fazia questão de não me entender. Agora se voltara para a frente e limitou-se a ficar rosnando, enquanto tamborilava com os dedos nervosos no volante. Conformado, acomodei-me no assento, cruzei as pernas, acendi um cigarro.

— Está bem, sua vaca: vamos ver quem é mais teimoso.

E assim ficamos. De súbito, ela fez algo surpreendente: abriu a porta e saiu do carro. Pensei que ia fugir, deixando-me ali sozinho, mas vi que tinha ido pedir auxílio a um cidadão que vinha passando. Saltei também do carro, fui até lá. O homem, um tipo rústico com ar de camponês, sacudiu a cabeça, aparvalhado ante o que a mulher lhe dizia, respondeu qualquer coisa na mesma língua.

— *Do you speak English?* – perguntei ainda, mas era inútil, ele já se afastava.

A mulher voltou para o carro. Tive medo de que partisse e me deixasse ali para sempre – me precipitei e entrei antes dela.

O tempo passando e nós naquela situação ridícula. De vez em quando ela me dirigia um grunhido, eu respondia com outro. Não sairíamos dali nunca mais. O camponês já se perdera na escuridão, não aparecia mais ninguém.

EIS QUE DIVISO um vulto vindo de longe, recortado pelo luar. Uma mulher? Firmei a vista: era um padre – pude distinguir, quando ele se aproximou do carro. Um velho padre de batina e tudo, com aquele ar clerical de antigamente, de pároco dos romances de Bernanos. Certamente falava francês, ou pelo menos alguma língua de gente. Alvoroçado, saltei do carro, abordei-o:

– *Parlez-vous français?*

Ele sacudiu a cabeça negativamente, com um sorriso de escusa.

– Inglês? Espanhol, Italiano?

Ainda sacudindo a cabeça, ele me respondeu... em ıatim!

Em desespero de causa, perdi a vergonha: fui juntando pedaços de palavras, com farrapos de lembranças do meu tempo de ginásio, qui, quae, quod, e mandei brasa num latinório macarrônico:

– *Ave, pater, demando adjutorium. Periculosa est situatio mea, famelico sum, per favore dicat mulier mechanicam necessitate mea transportatur ad restaurantem lacustrem aut retornare albergum. Gratia, pater!*

O padre entendeu tudo: num instante explicou à mulher na língua deles o meu destino, mandou que me levasse. Ela chegou a sorrir! E lá fomos nós, ela falando sempre mas eu pouco estava me incomodando, orgulhoso com o meu conhecimento de latim.

Quando chegamos, *alea jacta est!* era tarde da noite, o restaurante estava fechado. Retornamos ao hotel e fiquei *sine cenare.*

50
Realidade e fantasia

Chego à TV Cultura de São Paulo para uma entrevista e descubro que o programa só se iniciará às oito da noite, não passam de seis. Resolvo fazer hora no hotel.

– Até você ir e voltar, já são oito horas.

Prefiro fazer hora na rua a ficar no estúdio: não teria o que fazer, estão todos trabalhando.

No táxi que me leva ao hotel, um fusca sem o banco da frente, pelo menos tenho com quem conversar:

– Dá tempo sim, colega. Deixa comigo.

O motorista, um cearense chamado Baltazar, bem-falante e bem informado, tem opinião sobre tudo:

– Só fiz o primário, mas sei das coisas. Aqui em São Paulo a polícia descobre mais de cem táxis a gás por dia. Por quê? Porque é mais barato, colega, oitenta por cento mais barato. E sabe da melhor? Mais barato por causa do subsídio que o governo dá, sai dessa: o governo gasta os tubos para o gás de cozinha ficar mais barato e o pessoal dos carros se aproveita. Que é perigoso é, mas o governo tá ligando pra perigo quando quem corre risco é o povo? Desculpe perguntar, mas o colega é artista?

– Não, sou escritor.

– Não deixa de ser artista, de certa maneira.

– De certa maneira.

– Eu pergunto porque em geral quem vai na TV Cultura é artista. Costumo fazer ponto ali. Durante o dia trabalho numa multinacional, entrego malote neste meu táxi. Vim do Ceará há dois anos e não me queixo: 250 por mês, mulher e filho, dá para ir vivendo. Mas a gente tem de se virar. O colega é daqui de São Paulo mesmo?

– Não, sou de Minas, mas moro no Rio.

Ele solta uma risadinha:

– Pessoal folgado, esse do Rio. Praia cheia em dia de semana, malandro no botequim tomando cerveja ou jogando sinuca. Fui visitar um compadre que mora lá, numa casinha do subúrbio. Mal tem espaço para ele e a filharada, e o homem lá o dia inteiro de bermuda olhando televisão, um aparelhão a cor de meter medo, quando liga as paredes até tremem. Que é isso, compadre? Não vai trabalhar? E ele com ar de preguiça: tá muito calor. Às vezes fico pensando se eu fizesse o mesmo.

– Que é que acontecia?

– Nada. Mal dá pra gasolina gasta com os malotes. Só não faço pra não perder o respeito da patroa. Mas hoje, na hora do almoço... Escritor, o colega disse? Hoje resolvi folgar um pouco e liguei a televisão, vi a entrevista de um escritor no lançamento do livro dele ontem de noite lá no Rio. Tem uma porção de livro publicado. Disse uma coisa que eu gostei.

– Como é o nome dele?

Ele diz o nome. É o meu.

– O que eu gostei foi que a moça da televisão perguntou se tudo que ele escreve aconteceu mesmo ou se é invenção e fantasia dele. Então ele respondeu que tem muita coisa acontecida mas tem também muita coisa inventada. E falou que é assim mesmo, na vida o que acontece nem sempre é verdade, ao passo que a invenção, se não aconteceu, pode um dia acontecer com qualquer um. A realidade e a fantasia é tudo a mesma coisa. Foi disso que gostei.

– Tanto é verdade que está acontecendo neste instante.

– Neste instante? O colega pode me explicar isso melhor?

Digo-lhe que o escritor que ele viu sou eu. Ele se mexe bruscamente no banco como se tivesse levado um trompaço, dá uma freada no carro, vira-se para me olhar, assombrado:

— E não é que é mesmo! O colega... O senhor, aqui no meu carro?

— Cheguei do Rio hoje de manhã.

Aceitando afinal a ideia de estar transportando um fantasma em seu táxi, ele segue em direção ao hotel:

— Deixa passar meu susto que vou dizer o nome do seu novo livro.

— Se você disser até chegarmos, lhe dou um. Tenho um exemplar aqui comigo.

— Não estou conseguindo pensar direito.

— Vou dar uma colher de chá: é um bicho doméstico.

— Galo! – exclamou ele, triunfante.

— Não: bicho que sobe no telhado.

— E galo não sobe no telhado?

— A fêmea desse bicho é também como se chama uma coisa de que você gosta muito.

— Pois então? Galinha!

Chegamos sem que ele adivinhasse. Ainda assim, dou-lhe o livro, com uma dedicatória cordial e amiga. Fascinado, ele promete vir me buscar dentro em pouco.

— Pego um freguês, e às sete e meia em ponto estou aqui.

Às sete e meia ele está de volta:

— Não peguei freguês nenhum: estacionei num posto de gasolina e comecei a ler. *O gato sou eu*. Já li a história do meu colega que foi assaltado lá no Rio: "Conversa de motorista", descobri no índice. A barra lá tá pior ainda que aqui, hein?

De volta à TV, entro no estúdio no justo momento da entrevista, e começo por contar à entrevistadora o meu encontro com Baltazar, o motorista.

No dia seguinte ele me telefona para o hotel:

– Sabe aquela história da invenção que o senhor falou? Que tudo é misturado, a realidade e a fantasia? Pois não é que chego em casa e levo o susto da minha vida, minha mulher já sabia de tudo! Viu o senhor na televisão falando de mim, só faltou desmaiar. Fundiu a cuca da patroa: quando entrei, ela me olhava como se eu fosse assombração. Meus amigos e conhecidos não param de telefonar.

E arremata:

– Sabe de uma coisa? Fiquei tão baratinado que, a menos que o senhor precise do meu táxi, hoje não vou trabalhar: vou fazer como vocês lá no Rio, ficar em casa vendo televisão. Esta é que é a realidade, tudo o mais é fantasia.

fim

EDIÇÕES BESTBOLSO

Alguns títulos publicados

1. *Caetés*, Graciliano Ramos
2. *Riacho doce*, José Lins do Rego
3. *Nova reunião* (3 volumes), Carlos Drummond de Andrade
4. *O Lobo da Estepe*, Hermann Hesse
5. *O jogo das contas de vidro*, Hermann Hesse
6. *O pianista*, Władisław Szpilman
7. *O império do Sol*, J. G. Ballard
8. *A lista de Schindler*, Thomas Keneally
9. *50 crônicas escolhidas*, Rubem Braga
10. *35 noites de paixão*, Dalton Trevisan
11. *Essa terra*, Antônio Torres
12. *O dia em que matei meu pai*, Mario Sabino
13. *Getúlio*, Juremir Machado da Silva
14. *Jovens polacas*, Esther Largman
15. *Os delírios de consumo de Becky Bloom*, Sophie Kinsella
16. *O diário de Bridget Jones,* Helen Fielding
17. *Sex and the city*, Candace Bushnell
18. *Melancia*, Marian Keyes
19. *O pêndulo de Foucault*, Umberto Eco
20. *Baudolino*, Umberto Eco
21. *A bicicleta azul*, Régine Deforges
22. *Lendo Lolita em Teerã*, Azar Nafisi
23. *Uma mente brilhante*, Sylvia Nasar
24. *As seis mulheres de Henrique VIII*, Antonia Fraser
25. *Toda mulher é meio Leila Diniz*, Mirian Goldenberg
26. *A outra*, Mirian Goldenberg
27. *O livreiro de Cabul*, Åsne Seierstad
28. *Paula*, Isabel Allende
29. *Por amor à Índia*, Catherine Clément
30. *A valsa inacabada*, Catherine Clément

EDIÇÕES
BestBolso

Este livro foi composto na tipologia Minion, em
corpo 10,5/13, e impresso em papel off-set 63g/m² no Sistema
Cameron da Divisão Gráfica da Distribuidora Record.